Alfred Hitchcock

Les Trois jeunes détectives

Le flibustier piraté

Traduit de l'américain par L. M. Antheyres

HACHETTE
Jeunesse

SERIE « LES TROIS JEUNES DETECTIVES »

Le crâne qui crânait
La momie qui chuchotait
L'ombre qui éclairait tout
Le démon qui dansait la gigue
Le requin qui resquillait
Une araignée appelée à régner
Le journal qui s'effeuillait
Le drakkar hagard
L'épouvantable épouvantail
L'éditeur qui méditait
La saisie des sosies
Le Chinois qui verdissait
Les douze pendules de Théodule
Le chat qui clignait de l'œil
Le tableau se met à table
La baleine emballée
La mine qui ne payait pas de mine
Le testament énigmatique
Le flibustier piraté
L'épée qui se tirait

L'ÉDITION ORIGINALE DE CE ROMAN,
RÉDIGÉ AVEC LA COLLABORATION DE ROBERT ARTHUR,
A PARU EN LANGUE ANGLAISE, CHEZ RANDOM HOUSE, INC.,
SOUS LE TITRE :
THE MYSTERY OF THE PURPLE PIRATE

Hachette, 79, boulevard Saint-Germain, Paris VIe

Quelques mots d'Alfred Hitchcock

Bonjour, amateurs de mystères!

Une fois de plus, j'ai plaisir à préfacer une enquête des Trois jeunes détectives, bourrée d'action à craquer.

D'abord, permettez-moi de présenter les trois artistes. Il y a Hannibal Jones, le détective en chef, garçon grassouillet qui aime autant ingurgiter un bon dîner que débrouiller une bonne énigme. Sa mémoire d'éléphant et ses brillantes capacités de déduction lui ont permis de se tirer de plus d'un mauvais pas. Il y a ensuite Peter Crentch, le détective adjoint, grand de taille et athlétique de tempérament; il ne recherche pas précisément le danger, mais il sait lui faire face quand il le faut. Enfin, il y a Bob Andy, le dernier mais non le moindre de ces jeunes gens : tranquille et sûr, il s'occupe des «Archives et recherches» et ses collègues ne sauraient se passer de lui.

Cette fois-ci, les Trois jeunes détectives s'attaquent à l'inquiétante affaire du Pirate Violet, de son repaire, et du beau pirate Le Vautour noir. *En effet, d'étranges événements leur donnent à penser qu'un pirate du temps jadis est encore bien vivant et qu'il hante toujours le port favori des flibustiers californiens.*

Cette mystérieuse aventure pose de sérieux problèmes aux garçons et leur fait courir bien des risques. Je vous invite à voir si vous êtes capables de les battre de vitesse et de résoudre avant eux l'énigme du Flibustier piraté.

ALFRED HITCHCOCK

Chapitre 1

Boucaniers, Brigands et Bandits !

Le réveil sonna. Peter Crentch entrebâilla un œil et gémit. On n'en était qu'à la deuxième semaine des vacances d'été, et déjà il regrettait amèrement d'avoir accepté de faire du jardinage pour ses voisins immédiats pendant leur absence. Seulement, les fonds des Trois jeunes détectives n'avaient pas résisté au voyage que les garçons s'étaient offert à Disneyland pour célébrer la fin de l'année scolaire, et il fallait bien renflouer la caisse pour l'été. Les deux autres détectives fournissaient leur part de labeur : Bob Andy travaillait à temps partiel à la bibliothèque et Hannibal Jones avait accepté, à son corps défendant, de faire un supplément de corvées pour le *Paradis de la*

Brocante, où il habitait avec son oncle et sa tante.

Un gémissement de plus, et Peter émergea du lit. S'étant habillé en hâte, il gagna péniblement la cuisine où son père était déjà en train de prendre son petit déjeuner.

« Te voilà bien matinal, Peter ! ironisa M. Crentch.

— Il faut bien que j'aille m'occuper de ce maudit jardin, maugréa Peter en allant chercher son jus d'orange dans le réfrigérateur.

— Je conçois qu'on ait besoin d'argent pour l'été, mais il y a peut-être des moyens plus faciles d'en gagner. Regarde ce que j'ai trouvé dans la boîte à lettres. »

M. Crentch déposa une feuille de papier jaune devant Peter qui s'assit et y jeta un coup d'œil tout en buvant son jus. C'était un de ces tracts publicitaires que les commerçants distribuent de porte en porte. Peter fut très impressionné par sa lecture.

BOUCANIERS ! BRIGANDS !

Ceci s'adresse aux amoureux
de l'aventure !
Aux historiens !! Aux rats
de bibliothèque !!!

La S.P.B.B.B. (Société de Protection des Boucaniers, Brigands et Bandits) paiera 25 dollars l'heure quiconque pourra fournir des renseignements détaillés sur les pirates et brigands de grand chemin qui ont illustré le passé bigarré de la Californie.

Présentez-vous 1 995, rue de La Vina n'importe quel jour de la semaine du 18 au 22 juin entre 9 et 17 heures.

BANDITS HORS-LA-LOI

« Ça alors! s'écria Peter. Nous autres, jeunes détectives, nous allons devenir milliardaires! Nous en connaissons un rayon sur les flibustiers qui ont sévi dans le coin, surtout Hannibal. Il faut que je montre immédiatement ce truc à Babal et à Bob. Nous sommes le 18 et il est presque huit heures.

— Un instant, dit M. Crentch. Avant de devenir milliardaire, finis donc de déjeuner.

— Mais papa! J'ai la pelouse à arroser et les...

— A ton âge, on pense plus clairement quand on a l'estomac garni. Hannibal semble être de cet avis. Force-toi à manger quelque chose. »

Peter se dit qu'en se forçant il réussirait à avaler un peu de porridge. Puis, lorsque son père eut déposé devant lui une assiette d'œufs au bacon, il accepta de se forcer encore un peu et avala l'assiettée. Réflexion faite, il en avala une seconde, puis, comme il n'avait vraiment aucun appétit ce matin-là, il saisit le tract et bondit dehors.

Chez les voisins, il arrosa la pelouse à la va-vite avant de ramasser quelques feuilles mortes et branches sèches. Puis il sauta sur sa bicyclette. Il pédala avec tant d'énergie qu'il était à peine neuf heures quand il atteignit la longue palissade qui bordait le *Paradis de la Brocante.* Décorée par des peintres locaux, elle ne passait pas inaperçue! A un angle, on y voyait représenté un navire perdu dans la tempête sur les flots verts de l'océan, et un poisson qui considérait la scène d'un œil exorbité. Peter pressa l'œil, et la planche sur laquelle le poisson était peint pivota : c'était ce que les détectives appelaient la Grille Verte numéro un.

Ayant ainsi franchi la palissade, Peter se trouva dans un atelier de réparations qu'Hannibal avait aménagé en plein air. Un vieux tuyau se trouvait là, trop étroit pour qu'un adulte y pût pénétrer. Peter s'y engagea en rampant : c'était « le Tunnel numéro deux ». Passant sous un amas de bric-à-brac qui entourait une vieille caravane dont tout le monde avait oublié l'existence, le tuyau débouchait à l'aplomb d'une trappe. En soulevant la trappe, on pénétrait à l'intérieur de la caravane qui servait de P.C. aux

Trois jeunes détectives. Ils y avaient installé le mobilier et l'équipement qu'ils utilisaient pour leurs enquêtes.

« Regardez ça, les gars ! »

Peter, qui n'était encore dans la caravane qu'à mi-corps, agitait son tract jaune. Mais soudain il demeura cloué sur place, la bouche ouverte : Hannibal Jones, le chef de l'équipe, aussi malin que potelé, examinait un tract identique déposé sur son bureau. Et Bob Andy, l'archiviste, petit, brun et studieux, accoudé au classeur de l'agence, détaillait un tract similaire !

Bob soupira :

« Voilà cinq minutes que je suis ici, Peter, et j'apportais la même nouvelle...

— Qui ne m'a rien appris car je la connaissais déjà, compléta Hannibal. Apparemment, nous avons tous eu la même idée pour gagner de l'argent. »

Peter acheva de s'introduire dans le P.C. secret et se laissa tomber dans un fauteuil dépenaillé que les détectives avaient emprunté au *Paradis de la Brocante.*

« On dirait, fit-il, que nous sommes tous fatigués de travailler comme des brutes.

— Le travail n'a jamais fait de mal à personne, répliqua Hannibal d'un ton réprobateur tout en s'affalant sur le siège directorial. Cependant, je dois reconnaître que passer ses journées à réparer du bric-à-brac, c'est pis que les galères. Peut-être que cette S.P.B.B.B. va venir à notre secours.

— Nous sommes prêts à faire n'importe quoi pour gagner quelques dollars, dit Bob.

— De quels brigands allons-nous parler à ces braves gens ? demanda Peter.

— Avant tout, du corsaire français qui s'appelait de Bouchard, dit Babal. C'est le pirate le plus illustre de toute la Californie.

— Il y a aussi El Diablo, avec qui nous avons déjà eu maille à partir, ajouta Peter.

— Et les soldats qui ont assassiné Don Sebastien Alvaro pour s'emparer de l'épée de Cortés[1], compléta Bob.

— Sans oublier le copain de Bouchard : William Evans, le Pirate Violet», acheva Hannibal.

Il jeta un coup d'œil à la vieille horloge de campagne que les détectives avaient réparée.

« Mais, fit-il, nous ne devons pas être les seuls à connaître ces histoires et, par conséquent, nous avons intérêt à faire vite. »

Joignant l'action à la parole, les trois garçons déboulèrent par la trappe et se faufilèrent par le Tunnel numéro deux jusqu'à l'atelier. Ils émergeaient à peine qu'ils entendirent des cris :

« Hannibal, où es-tu encore passé ? Hannibal !...

---

1. Voir *L'épée qui se tirait,* dans la même collection.

— Babal, c'est ta tante Mathilde», constata Bob.

Les objets de rebut s'empilaient si haut autour de l'atelier que la tante demeurait invisible, mais sa voix approchait de plus en plus.

«Elle doit nous avoir trouvé une corvée à faire, maugréa Peter.

— Accélérons le mouvement!» fit Hannibal.

Les garçons empoignèrent leurs bicyclettes, se glissèrent par la Porte Verte, et pédalèrent à toute force vers le centre de la ville. Comme ils approchaient de la rue de La Vina, Bob se rappela qu'il connaissait le numéro 1995.

«C'est un vieux patio de style espagnol, avec un mur couvert de crépi tout autour et des boutiques au fond. La plupart sont abandonnées.»

Hannibal commençait à perdre son souffle.

«Pas étonnant que la S.P.B.B.B. ait choisi cet endroit, Bob, commenta-t-il en haletant un peu. Le loyer ne doit pas être cher et l'endroit est tranquille pour interviewer des gens.»

En atteignant le pâté de maisons qui comprenait le numéro 1995, les garçons aperçurent un attroupement qui grandissait à vue d'œil devant un portail en bois, lequel demeurait fermé. Hannibal, observateur comme toujours, remarqua que la foule, qui comprenait quelques adultes, était surtout composée d'enfants et d'adolescents.

« Les adultes sont au travail, remarqua-t-il. Ils viendront plus tard dans la journée. Tant mieux pour nous, les gars. »

Au moment où les détectives enchaînaient leurs bicyclettes à une grille de fer forgé, ils virent le haut portail s'entrouvrir. Il en sortit un petit homme fort coquet, avec des cheveux blancs et une moustache touffue. Il était vêtu d'une veste de tweed, d'une culotte de cheval, de bottes à l'écuyère. Autour du cou, il portait un foulard de soie ; à la main, il tenait une cravache. On aurait dit un officier de cavalerie de l'ancien temps. Faisant face à la foule, il leva sa cravache pour obtenir le silence.

« Je suis le major Karnes, prononça-t-il. Soyez les bienvenus dans les locaux de la Société de Protection des Boucaniers, Brigands et Bandits. Nous vous interviewerons tous sans exception, mais vous êtes si nombreux aujourd'hui que nous serons obligés de faire passer d'abord ceux qui ont fait le plus de chemin pour venir jusqu'ici. Seuls ceux dont le domicile est situé en dehors de la ville de Rocky seront interrogés aujourd'hui. Les autres peuvent rentrer chez eux. Revenez demain, si vous le voulez bien. »

Un murmure de déception monta de la foule. Les jeunes, en particulier, étaient prêts à se montrer agressifs. Ils commencèrent à bousculer leurs voisins pour se pousser en avant. Voulant battre en retraite, Karnes heurta l'un des vantaux du portail, qui se referma, laissant le malheureux major à l'extérieur. Cerné, acculé, il essayait de parler, mais ne parvenait pas à se faire entendre.

« Qu'est-ce que c'est que cette histoire ?

— On se serait dérangés pour rien ?

— Vous avez un drôle de toupet ! »

Les jeunes criaient à qui mieux mieux.

« Décampez d'ici, bande de voyous ! » cria le major en menaçant de sa cravache ceux qui se montraient les plus turbulents.

Le mécontentement de la foule monta d'un cran. Un garçon arracha la cravache du petit homme et la jeta au loin. Les autres en profitèrent pour avancer encore. Le major pâlit.

« Hubert ! Au secours ! » cria-t-il.

Il allait bientôt périr étouffé.

Chapitre 2

Des procédés pas très honnêtes

« Au secours! criait toujours le major Karnes, tandis que les jeunes, furieux, l'écrasaient contre le portail. Hubert! Au secours! »

Peter se tourna vers Hannibal.

« Ils exagèrent, fit-il. Il va falloir que nous tirions le petit major de là. »

D'un bond, l'athlétique détective sauta sur le capot d'une voiture garée le long du trottoir, et, désignant du doigt le bout de la rue :

« Police! cria-t-il aussi fort qu'il put. La police arrive! »

Les courageux assaillants refluèrent immédiatement. Hannibal et Bob se frayèrent un passage à travers eux et parvinrent jusqu'au major, tandis que Peter continuait à crier :

« Filons ! Sauve qui peut ! »

Il sauta à bas de la voiture et partit en courant. Certains des jeunes le suivirent. D'autres hésitaient encore. Cependant Bob était parvenu à entrouvrir le lourd portail.

« Par ici, monsieur », dit Hannibal en poussant le major, vert de peur, à l'intérieur.

Quelques instants plus tard, Peter avait rejoint ses amis et, à la suite de Karnes, d'Hannibal et de Bob, il se glissa dans le patio. Alors les détectives refermèrent le portail, tandis que le major, respirant avec difficulté, s'adossait au mur. Dès qu'il eut repris son souffle, il se mit à rugir :

« Hubert ! Malotrus ! Malandrins ! Hubert ! Tous en prison ! Hubert !... »

Le patio était pavé de larges dalles à l'ancienne, entre lesquelles étaient ménagés des espaces de terre où croissaient des poivriers et des jacarandas. La haute muraille que cachaient presque entièrement des buissons fleuris fermait trois côtés du patio ; le quatrième était constitué d'une rangée de boutiques qui paraissaient toutes désertes. Devant l'une d'elles une camionnette fermée était parquée.

Le major tira un mouchoir rouge de sa poche et s'épongea le front.

« Merci pour votre aide, les garçons. Mais

j'aurais préféré avoir le plaisir de voir les agents de police procéder à l'arrestation de toute cette racaille.

— Il n'y avait pas d'agents de police, monsieur, répondit Peter en riant. Il fallait bien que j'invente quelque chose pour détourner de vous l'attention de la foule.

— Et pour nous donner le temps d'ouvrir le portail», compléta Bob.

Le major ouvrit de grands yeux.

«On peut dire que vous avez les réflexes rapides, les garçons. Pour vous récompenser, je vous ferai passer les premiers, quelle que soit l'adresse de vos domiciles respectifs. Hubert, imbécile, andouille! Sors de ton trou!

— Merci beaucoup, monsieur! Vous êtes bien aimable!» s'écrièrent Bob et Peter d'une seule voix.

Mais Hannibal fronçait le sourcil :

«La foule, monsieur, vous accusera de nous faire profiter d'un passe-droit.

— Je n'ai pas l'intention de me laisser intimider par une bande d'écoliers, répliqua le major qui reprenait peu à peu ses couleurs naturelles. Hubert, espèce d'idiot, où te caches-tu?»

Enfin la porte de l'une des boutiques s'ouvrit et un géant apparut. Trottinant maladroitement, il s'approcha du major. Dans sa tenue grise de chauffeur de maître comprenant une ridicule petite casquette posée sur le coin de son crâne, avec sa figure ronde, sans âge, couronnée d'une abondante chevelure couleur de carotte, il avait l'air d'un éléphant déguisé. Ses petits yeux bleus exprimaient la terreur.

« Toutes mes excuses, patron, bredouilla-t-il.

— Ma parole, il est aussi bête qu'il est grand ! Ces malandrins ont failli me tuer. Où étais-tu ?

— Je... J'étais en train de préparer le magnétophone, et comme Carl hurlait après moi comme d'habitude, je n'ai pas entendu...

— Ça suffit, coupa le major. Va dans la rue et dis à ces canailles que nous ouvrirons le portail dans dix minutes. Qu'ils fassent la queue en bon ordre, sauf ceux qui sont domiciliés en ville et que je n'interviewerai pas aujourd'hui. Ceux-là, pas la peine de les faire attendre. »

Hubert obéit et, de sa démarche pachydermique, se dirigea vers le portail. Dès qu'il le rouvrit, un hurlement monta de la foule... un hurlement qui se calma aussitôt que les jeunes gens eurent aperçu le géant. Redevenant disciplinés comme par enchantement, ils se rangèrent d'un air soumis le long du mur.

Le major souriait jusqu'aux oreilles.

« C'est curieux quel effet calmant la vue

d'Hubert peut produire sur les esprits les plus échauffés, remarqua-t-il.

— Je ne trouve pas ça curieux du tout, fit Bob.

— Ce gars-là pourrait arrêter un char d'assaut, ajouta Peter.

— A condition de ne pas se faire un croche-pied à lui-même, par excès de malice, railla le major. Vous, les garçons, suivez-moi. »

A la suite du major, les garçons entrèrent dans la boutique du milieu et de là dans une arrière-boutique, dont les fenêtres donnaient sur une cour devenue terrain vague et bordée par un mur. Les fenêtres étaient fermées ; un climatiseur encastré dans l'une d'entre elles ronronnait. Pour tout mobilier il y avait un bureau, un téléphone et quelques chaises pliantes. Un homme trapu, aux cheveux noirs, portant des vêtements de travail, s'affairait autour d'un magnétophone.

« Pendant que Carl installe son micro, je vais vous expliquer ce qu'est la Société de Protection des Boucaniers, Bandits et Brigands, dit le major en se penchant sur la table qu'il tapota de sa cravache, que Peter lui avait rapportée. La S.P.B.B.B. a été fondée par l'un de mes grands-oncles, homme richissime, qui s'était beaucoup intéressé à la vie de notre ancêtre, le capitaine Hamilcar Karnes, plus connu sous son surnom :

Karnes le Barracuda. C'était un corsaire, qui écumait la mer des Caraïbes à l'époque de la guerre d'Indépendance.

— Tiens, fit Bob, je n'ai jamais entendu parler de ce Barracuda.

— Moi non plus, remarqua Hannibal. Le seul pirate illustre que je connaisse dans cette région est Jean Laffitte.

— Précisément! s'écria le major, comme s'il était parvenu à démontrer quelque chose. Karnes le Barracuda fut tout aussi bon patriote et tout aussi illustre pendant la guerre d'Indépendance que Laffitte l'a été pendant celle de 1812, mais Dieu sait pourquoi l'histoire l'a oublié. Je précise : ni Laffitte ni Karnes n'étaient des pirates : c'étaient des corsaires, qui ne pillaient que les navires ennemis. Karnes attaquait les vaisseaux britanniques et remettait son butin aux Américains, qui en avaient grand besoin. Laffitte était un contrebandier qui ne s'en prenait qu'aux bateaux espagnols, et qui s'est allié à Andrew Jackson pour battre les Anglais en 1812. Trouvant injuste que certains héros soient devenus populaires tandis que personne ne connaît plus le nom des autres, mon grand-oncle a décidé de mettre quelques-uns de ses millions dans une société qui publierait des livres et des articles pour prouver que bien des flibustiers et des hors-la-loi ont en réalité été des patriotes mal compris, comme Laffitte et Robin des Bois.

— Vous croyez vraiment cela, monsieur? questionna Hannibal, pas très convaincu.

— Et comment! répliqua le major. Pendant des années, mon grand-oncle a parcouru le monde à la recherche de détails historiques sur la vie de ces bandits d'honneur. Lorsqu'il est mort, j'ai décidé de prendre le relais. Et je suis persuadé que la Californie va se révéler une mine de brigands héroïques et méconnus. Vous êtes prêt, Carl?»

Carl fit oui de la tête et le major demanda :

«Qui veut être le premier?

— Moi! s'écria Peter. Je vais vous raconter la vie du bandit El Diablo.»

Hannibal, qui avait déjà ouvert la bouche pour parler, s'assit à côté de Bob. Passablement déçu, il écouta Peter s'approprier l'histoire du Mexicain qui attaquait les envahisseurs américains après la guerre du Mexique. Mais Peter avait à peine expliqué de qui il s'agissait que le major l'interrompit :

«Parfait. El Diablo me paraît être un candidat idéal et la S.P.B.B.B. va sûrement se pencher sur son cas. Au suivant.»

Cette fois-ci, Hannibal ne se laissa pas distancer.

«Monsieur, j'ai deux candidats. Le corsaire français Hippolyte de Bouchard et son acolyte William Evans, qui a fait parler de lui bien plus tard sous le nom de Pirate Violet. Bouchard était un capitaine français au service de l'Argentine, qui, en 1818, faisait la guerre à l'Espagne. Il fut envoyé pour attaquer les navires et les colonies espagnols, avec la frégate *Argentina,* de 38 canons, et la *Santa Rosa* qui en comptait 26. Il avait 285 hommes sous ses ordres. Comme il était beaucoup plus fort que les colons d'Alta California, il brûla Monterey, battit le général Pablo Sola et était sur le point d'attaquer Los Angeles quand...

— Très bien! Excellent!» s'écria Karnes. Il se tourna vers Bob :

«Et toi, mon garçon, qu'est-ce que tu me racontes?»

Interrompu aussi brusquement, Hannibal échangea un regard d'incrédulité avec Peter, tandis que Bob commençait l'histoire des soldats du général Fremont qui avaient essayé de voler l'épée de Cortés à don Sébastien Alvaro. Au reste, il n'eut pas le loisir de la continuer longtemps.

«De mieux en mieux, fit le major. Dites donc, les garçons, vous êtes très doués tous les trois. Carl a tout enregistré. Nos affaires sont donc en ordre. Nous reprendrons contact avec vous.

— Vous... reprendrez contact avec nous? s'étonna Peter.

— Mais... mais... mais... bégaya Hannibal. Votre tract publicitaire promettait... »

Karnes souriait largement.

« Nous déciderons quelle histoire nous voulons utiliser et alors nous vous demanderons de revenir pour une interview complète, à 25 dollars l'heure. Une somme rondelette pour des garçons de votre âge, hein ? En sortant, dites à Hubert de m'envoyer le prochain volontaire. »

Passablement interloqués, les garçons retournèrent au portail et transmirent à Hubert l'ordre du major. Ils passèrent devant la foule qui faisait docilement la queue, et reprirent leurs bicyclettes. Ce fut Peter qui exprima enfin l'opinion générale.

« Les gars, nous avons été bernés. »

Bob était fou de rage.

« Le tract disait bien que tout le monde serait payé !

— En tout cas, il le laissait entendre, acquiesça Hannibal.

— Nous devrions porter plainte contre ce major, opina Bob.

— Je pense qu'il ne nous a pas pris au sérieux à cause de notre âge, supposa Peter.

— Tu dois avoir raison, répondit Bob. Je parie que, quand il reçoit des adultes, il les écoute.

— Si c'est le cas, dit Hannibal, nous

aurons en effet des raisons de porter plainte. »

Le détective en chef paraissait animé d'une décision farouche.

« Messieurs, dit-il, j'ai décidé de mettre le major Karnes sous stricte surveillance. Exécution. »

Chapitre 3

La surveillance porte ses fruits

Laissant leurs bicyclettes enchaînées à la grille, les Trois jeunes détectives contournèrent le patio de manière à atteindre le terrain vague derrière la rangée de boutiques. Bob et Peter escaladèrent la muraille couverte de crépi et ils hissèrent après eux Hannibal, essoufflé mais déterminé. Un vieux chêne rabougri et un jacaranda leur serviraient de couvert et leur permettraient de voir ce qui se passait dans l'arrière-boutique du major, sans être vus de lui.

Un nouveau garçon était sur la sellette. Le major l'interrogeait. Carl enregistrait. Les fenêtres étaient toujours fermées et le climatiseur n'avait pas cessé de vrombir, si bien que les détectives ne pouvaient rien entendre, mais il ne leur fut pas difficile de deviner ce qui se passait.

« Regardez ! » souffla Peter.

Les détectives virent la stupéfaction se peindre sur le visage du garçon inconnu. Puis il se mit à protester. Enfin le major le poussa vers la porte... Exactement ce qui leur était arrivé à eux-mêmes.

« Au moins, nous ne sommes pas les seuls, commenta Bob.

— Attention, dit Hannibal, qui venait d'avoir une idée, observez bien ce Carl !

— L'observer quand il fait quoi, chef ? demanda Peter, sans quitter la fenêtre des yeux.

— Observez-le quand la prochaine interview sera terminée », dit Hannibal.

Bob et Peter virent un nouveau jeune homme entrer, prononcer quelques mots, et prendre la porte vers laquelle Karnes le guida fermement.

Alors Carl appuya sur un bouton de son appareil et attendit quelques instants. Puis il appuya sur un autre bouton, et ne bougea plus, pendant que Karnes accueillait le candidat suivant. Sur un signe du major, il recommença à enregistrer, en appuyant sur deux boutons en même temps.

« On dirait qu'il a rembobiné la bande et qu'il a recommencé à zéro, fit lentement Peter. Je ne comprends pas ce qu'il est en train de fabriquer.

— J'ai bien l'impression qu'il utilise sans cesse le même côté de la même cassette, dit Bob. Il rembobine et il enregistre de nouveau...

— De telle manière, souligna Hannibal, qu'il efface automatiquement tout ce qu'il a enregistré.

— Il efface ? s'étonna Peter. Tu veux dire que l'histoire du Diablo, que je lui ai si bien racontée, ne figure plus sur la bande ?

— C'est précisément ce que je veux dire, Peter.

— Alors comment le major va-t-il décider qui faire revenir pour l'écouter plus à fond et le payer ?

— Il n'aura plus aucun moyen de fonder sa décision sur ce que les gens lui auront raconté la première fois, renchérit Bob.

— Alors pourquoi fait-il tout ce cirque ?

— Voilà une bonne question, reconnut Hannibal. Un instant, les gars : voilà un adulte qui se présente. On va voir si cela fait une différence. »

Karnes accueillit le volontaire adulte dans le même style que les précédents et fit signe à Carl de recommencer à enregistrer. Mais le visiteur n'alla pas plus loin que ses prédécesseurs. Le major l'arrêta d'une petite tape sur l'épaule et l'éconduisit avec une suave fermeté. L'homme paraissait aussi surpris que les jeunes détectives l'avaient été avant lui.

« Ces gens ne savent pas que Karnes est en train de les duper, dit Hannibal. Ils s'imaginent qu'ils vont être rappelés et payés.

— Tout cela n'est donc qu'une escroquerie, fit Bob. Mais à quoi peut-elle servir, Babal ? »

Hannibal secoua la tête.

« Pas la moindre idée, Bob. Faire imprimer des tracts, attirer tout ce monde ici, réaliser des enregistrements et puis les effacer... On dirait beaucoup de travail pour rien ! »

Hannibal, qui n'avait pas l'habitude de rester perplexe longtemps, se pinça la lèvre inférieure, signe certain d'une profonde méditation.

A cet instant, deux nouveaux arrivants pénétrèrent dans l'arrière-boutique. C'étaient un homme grand et barbu, portant l'uniforme bleu de la marine, et un garçon, plus jeune de quelques années que les détectives. Le major Karnes montra un regain d'intérêt. Il serra la main du loup de mer, le fit asseoir ainsi que le garçon, parut leur faire toute sorte de politesses, et enfin demanda à Carl d'enregistrer. Il s'assit même pour écouter le capitaine qui parlait dans le micro et le jeune garçon qui ajoutait de temps en temps une remarque.

« Je les connais ! C'est Jeremy Joy, qui va

au même lycée que nous, et le grand barbu doit être son père, dit Bob.

— Il est amiral, ou quoi ? demanda Peter.

— Non. Il dirige un spectacle pour touristes. Ça s'appelle *Le Repaire du Pirate Violet.*

— Ah ! je sais, fit Peter. C'est Disneyland en miniature. On monte sur un bateau et on voit des pirates s'entre-tuer.

— J'ai entendu parler de la chose, dit Hannibal, mais je n'y suis jamais allé. Ce n'est ouvert que depuis quelques années et je ne crois pas que cela ait beaucoup de succès.

— C'est aussi mon impression, reconnut Bob. Mais pour ce qui est du Pirate Violet, le capitaine Joy est censé tout savoir sur le sujet. Un jour il est venu en classe nous en parler.

— Qu'est-ce qui se passe ? Le major s'en va ! » s'écria Peter.

En effet, Karnes venait de sortir, laissant Carl avec les visiteurs. Une minute plus tard, un rugissement de colère monta de la rue. Toujours bien caché par les buissons, Peter contourna la rangée de boutiques et pénétra dans le patio proprement dit.

Il revint bientôt, porteur d'une étrange nouvelle.

« Karnes et Hubert renvoient tout le monde. Le major est en train d'accrocher un grand écriteau au portail : INTER-

VIEWS TERMINÉES. Encore une escroquerie!»

Justement le major rentrait dans l'arrière-boutique, suivi d'Hubert, qui avait toujours l'air d'un éléphant déguisé en chauffeur. D'un signe, le major imposa silence au géant et s'assit pour écouter la suite de l'histoire que racontait le capitaine Joy.

«Celui-là, ils n'ont pas l'air pressé de l'interrompre, remarqua Peter.

— Je comprends, s'écria Bob. Le capitaine Joy est un expert sur le Pirate Violet. Ce qui intéresse la SPBBB, c'est le Pirate Violet, et le major Karnes ne veut pas entendre parler d'autre chose.

— Mais moi aussi, je voulais lui parler du Pirate Violet, objecta Hannibal. Et il ne m'a pas laissé finir.

— Il savait peut-être qu'il avait un expert à sa disposition, supposa Bob.

— Alors pourquoi ne pas s'adresser au seul expert? répliqua Hannibal.

— A vrai dire, je ne...» commença Bob.

Mais Peter avait une idée.

«Peut-être qu'il voulait économiser de l'argent, Babal. Mon père dit que les gens organisent souvent un concours pour obtenir à meilleur marché une chose qu'ils auraient dû payer cher s'ils avaient voulu l'acheter. Tout le monde aime avoir quelque chose pour rien. Je pense que Karnes a monté son cirque pour faire parler le capitaine Joy en le payant un prix dérisoire.

— L'idée n'est pas absurde», reconnut Hannibal.

Il n'était pas convaincu. Les pièces du puzzle ne tombaient pas parfaitement en place. Cependant il s'abstint de tout autre commentaire. Le capitaine et son fils continuaient à se faire enregistrer. Il était environ 11 heures 30 lorsque M. Joy regarda sa montre et se leva. Le major prit quelques billets dans sa poche et les lui tendit. Joy refusa d'abord, puis finit par accepter, comme à regret. Karnes lui serra vigoureusement la main et ébourriffa les cheveux de Jeremy. Le grand barbu, le petit major et le jeune garçon sortirent ensemble. Le major paraissait tout réjoui. Les détectives quittèrent le terrain vague et, contournant la rangée de boutiques, se retrouvèrent dans le patio.

Par le portail ouvert, ils virent le capitaine Joy et Jeremy gagner une vieille voiture toute cabossée parquée de l'autre côté de la rue. Peinte en violet, elle portait une grande inscription dorée :

LE REPAIRE DU PIRATE VIOLET
Devenez pirate pour un jour!

M. Joy se retourna vers le portail dans

lequel s'encadraient Karnes, Hubert et Carl.

« D'accord pour ce soir, vers neuf heures ! » lança-t-il.

Sur quoi, accompagné de son fils, il monta dans la voiture violette et démarra.

« Ce soir ? demanda Peter à mi-voix.

— Suite de l'interview concernant le Pirate Violet, supposa Bob.

— Mais... », commença Hannibal.

A ce moment, la camionnette qui avait été parquée à l'intérieur du patio en sortit avec Carl au volant. Hubert referma le portail derrière lui et rejoignit le major Karnes dans l'arrière-boutique.

Courbés en deux, les garçons regagnèrent leur cachette au pas de course. Par la fenêtre, ils virent Karnes et Hubert penchés sur un document qu'ils examinaient avec attention.

« On dirait un diagramme, ou un plan », murmura Bob.

Ils n'eurent pas le temps d'en voir plus. Une voiture qu'ils ne pouvaient apercevoir mais qu'ils entendirent distinctement vint se garer dans le patio. Peu après, un homme qu'ils n'avaient pas encore rencontré entra dans l'arrière-boutique. Petit, gros, chauve, il était équipé d'une superbe moustache noire. Il courut au major et, d'un air surexcité, il se mit à désigner on ne savait quoi sur le document. Bientôt ils partirent tous les deux d'un éclat de rire, et même le lugubre Hubert parut moins malheureux que de coutume.

Déçus de ne pouvoir entendre de quoi il s'agissait, les garçons virent Karnes s'approcher du magnétophone et appuyer sur la touche « effacement ».

« Mais Babal, dit Peter, n'est-ce pas là la cassette sur laquelle le capitaine Joy et Jeremy ont été enregistrés ? »

Après un regard jeté au détective adjoint, Hannibal et Bob fixèrent de nouveau leurs yeux sur le major toujours penché sur le magnétophone.

« Pas de doute là-dessus, dit Bob. Carl a laissé la cassette sur le magnétophone, je m'en souviens. Personne n'est entré dans la pièce après le départ du capitaine Joy, et ni le major ni Hubert n'ont touché au magnétophone jusqu'à maintenant. Bref, le major efface aussi l'histoire du Pirate Violet ! »

Bob battait des paupières en signe d'incompréhension.

« Ce qui signifie qu'elle ne les intéresse pas non plus, déduisit Hannibal.

— Et pourtant ils ont laissé le capitaine pérorer pendant plus d'une demi-heure, fit remarquer Peter.

— Et ils ont renvoyé les autres volontaires, renchérit Bob.

— Donc, ce qu'ils recherchent, c'est

quelque chose qui concerne le capitaine et son fils, conclut Hannibal.

— Oui, mais quoi ? interrogea Bob.

— De toute manière, l'affaire est fumeuse, constata Peter.

— Et notre métier, dit Hannibal, l'air sombre, est de voir à travers la fumée. En attendant, mon estomac me signale que l'heure du déjeuner approche. Rentrons au *Paradis de la Brocante* pour nous mettre quelque chose sous la dent. Cet après-midi, surveillance renforcée du major Karnes et de ses amis. En outre, contact discret avec le capitaine Joy. »

Hannibal sourit à ses coéquipiers :

« Ou je me trompe fort, annonça-t-il, ou les Trois jeunes détectives ont repris du service ! »

Chapitre 4

« Le Repaire du Pirate Violet »

Une triple déception attendait les Trois jeunes détectives. D'abord, ils furent consternés d'apprendre qu'oncle Titus avait absolument besoin d'Hannibal : il fallait faire des achats à San Luis Obispo ; l'expédition durerait vingt-quatre heures. En outre, un des collègues de Bob tomba malade, si bien que le jeune bibliothécaire dut travailler deux fois plus que de coutume. Enfin les parents de Peter le requirent pour nettoyer le garage, opération qui avait été remise de semaine en semaine pendant longtemps. Ce ne fut donc que deux jours plus tard que les trois garçons, plutôt ronchons, se réunirent dans leur P.C. secret. Il était onze heures du matin et les étranges procédés du major

Karnes réclamaient toute l'attention des jeunes limiers.

« Hier soir, je suis allé jeter un coup d'œil à cette arrière-boutique, annonça Hannibal. Le capitaine Joy et Jeremy y étaient, en train d'enregistrer. »

Le plan de campagne suivant fut rapidement adopté : Hannibal et Peter prendraient leurs bicyclettes pour aller au *Repaire du Pirate Violet,* tandis que Bob retournerait rue de La Vina et surveillerait le major et sa clique. Pour cela, il serait muni d'un ingénieux instrument.

« Appareil ultra-moderne pour surveillance à longue portée, commenta Hannibal, gonflé d'importance. Avec cela, nous pouvons filer quelqu'un même sans le voir. »

Peter examina l'objet d'un air dubitatif. De la taille d'une miniradio, c'était un récipient de métal rempli d'un liquide épais. A l'extrémité inférieure, un tube formait compte-gouttes. Ce tube était équipé d'une valve et le récipient lui-même pourvu d'un aimant.

« Comment ça fonctionne, ce machin ? demanda Bob.

— Ce machin laisse une trace invisible pour quiconque, sauf nous. Cet aimant permet de le fixer à n'importe quel véhicule constitué de métal. Le liquide que contient le récipient est invisible tant que l'on ne braque pas sur lui une lumière ultraviolette.

Cette valve libère une goutte de liquide à intervalles réguliers, laissant une trace qu'il est facile de suivre, pourvu qu'on possède une lampe de poche à lumière ultraviolette.

— Et notre agence possède une lampe de poche à lumière ultraviolette? demanda Bob.

— Bien sûr», dit Hannibal en souriant.

Il tendait à Bob une torche ordinaire pourvue d'une ampoule de forme bizarre.

«Mazette! s'écria Peter. Mais avec tout ça, les gars, qu'est-ce que c'est que la lumière ultraviolette? Quand on étudiait ça, en classe, j'ai dû piquer un roupillon!

— C'est une onde électromagnétique d'une longueur inférieure à celle de la lumière visible par l'œil humain, expliqua Bob. Certaines personnes appellent cela de la lumière noire, parce qu'elle rend certains matériaux fluorescents. Le matériau brille, sans qu'on voie la lumière qu'on braque dessus.

— J'y suis. L'autre lumière invisible, c'est l'infrarouge, c'est ça? Mais dis donc, Babal, ça fonctionne en plein jour, ton truc?

— Oui, Peter, encore que la piste ne luise pas autant, mais cela n'en vaut que mieux, répondit le détective en chef. Bob peut fixer le récipient à la voiture du major et le suivre à la piste sur sa bicyclette. Le liquide gouttera à intervalles réguliers pendant deux heures environ.

— Alors, qu'est-ce qu'on attend?» fit Bob.

Ayant rangé l'appareil de surveillance et la torche à ultraviolets dans une musette, il partit pour Rocky, tandis que Peter et Hannibal se dirigeaient vers l'océan. Tout en pédalant, Hannibal s'interrogeait à haute voix.

«Je me demande si c'est une coïncidence que le major Karnes n'ait voulu interviewer que des gens habitant hors de la ville...

— Tu penses que c'était un montage en faveur des Joy?

— Cela ne me paraît pas improbable.»

La Crique aux Pirates formait un petit golfe à quelques kilomètres au nord de Rocky. On trouvait là plusieurs maisons, deux ou trois magasins, quelques bateaux de pêche et un aérodrome pour hydravions-taxis. Tout cela, d'un côté de la crique. De l'autre, était situé

LE REPAIRE DU PIRATE VIOLET
De passionnantes aventures
pour toute la famille!

comme l'annonçait une enseigne bigarrée.

Le *Repaire*, qui était censé attirer les touristes, se trouvait sur une petite presqu'île qui s'avançait dans la crique, au-delà d'une pêcherie. Une vieille palissade de bois, toute tordue, protégeait le *Repaire* du côté de la terre ferme. Un parking s'étendait devant la palissade.

Il était encore tôt et bien peu de voitures y avaient été garées. Plusieurs couples, sirotant des limonades, attendaient devant le guichet, tandis que leurs enfants s'amusaient à hurler et à se donner des coups de pied. Au-dessus du guichet, un écriteau donnait les heures de départ du *Vautour noir :* midi, une heure, deux heures, trois heures, quatre heures. Derrière le guichet se tenait un homme robuste au visage boucané. Il aurait été difficile de deviner son âge, car sa peau avait été ridée par les intempéries. Il portait une chemise rayée de matelot, un emplâtre sur l'œil et un mouchoir rouge autour de la tête. D'une voix enrouée il chantait les mérites de la croisière.

« Nom d'une trinquette, mesdames et messieurs, il ne tient qu'à vous de devenir pirates pour un jour au *Repaire du Pirate Violet!* Traversez la Crique aux Pirates sous le pavillon au crâne et aux tibias entrecroisés qui flotte à la vergue d'artimon du *Vautour noir.* Aurez-vous le courage d'aller faire le coup de feu aux îles Sous-le-Vent? Nom d'un cacatois, vous allez renifler l'odeur de la poudre et voir les pirates monter à l'abordage! Je n'ai plus que quelques billets à vendre. *Le Vautour noir* appareille dans vingt minutes. Ne restez pas à vous morfondre sur le rivage ! »

Les touristes échangèrent quelques regards, se demandant qui avait bien pu acheter tous les billets. Puis ils vinrent faire la queue devant le guichet. Peter et Hannibal se joignirent à eux. Lorsque ce fut leur tour, Hannibal parla d'une voix basse et solennelle :

« Nous devons voir immédiatement le capitaine Joy. Il s'agit d'une affaire urgente et grave. »

Le vendeur de billets le toisa de son œil unique.

« Pendant les spectacles, le capitaine ne parle à personne, nom d'une estrapade !

— Mais le spectacle n'a pas encore commencé...

— Anna ! Le capitaine est déjà à bord ! » cria le matelot, et, avec ces mots, il disparut, tandis qu'une toute jeune fille venait le remplacer au guichet.

Elle avait la peau olivâtre et elle portait des tresses noires.

« Commebienne dé billétés ? demanda-t-elle aux garçons avec un fort accent espagnol.

— Nous devons voir le capitaine Joy immédiatement, mademoiselle, répliqua Hannibal.

— Moi no commeprenne. Deux billétés pour vous ?

— Nous voilà dans de beaux draps, fit Peter. Qu'est-ce qu'on fait maintenant?

— Nous prenons nos billétés et nous embarquons sur *Le Vautour noir*. Avec un peu de chance nous pourrons parler au capitaine et peut-être apprendre quelque chose sur l'affaire qui nous intéresse.

Ayant pris leurs billets, Hannibal et Peter franchirent la barrière d'accès, qui était faite de fil de fer barbelé, et se trouvèrent dans une allée entre deux bâtiments de bois, bas et oblongs. Cette allée aboutissait à l'embarcadère auquel était amarré *Le Vautour noir*, l'échelle de coupée prête pour embarquer. Le navire ressemblait à s'y méprendre à un bateau pirate. Peint en noir, avec des voiles carrées, il arborait, en haut de son grand mât, le pavillon dit «Jolly Roger», avec le crâne et les tibias entrecroisés. Les deux bâtiments qui encadraient le débarcadère avaient manifestement servi jadis d'écuries ou de garages. Le bâtiment de gauche avait été divisé en trois boutiques séparées : l'une vendait des boissons rafraîchissantes et de la glace, la deuxième des souvenirs, et la troisième du café et des saucisses. Le bâtiment de droite, ouvert sur le devant, était un musée, plein d'objets nautiques suggérant le monde de la flibuste. Le «Jolly Roger» flottait aussi au-dessus de chacun des bâtiments et de la porte d'entrée. Tout paraissait étriqué, pauvret, mesquin et réclamait de la peinture fraîche.

Sur la droite, derrière le musée, les garçons distinguaient une rangée de chênes aboutissant à un hangar à bateaux et, plus loin, à une haute tour de pierre. A peu de distance du rivage on apercevait une succession de quatre îles, trop petites pour être habitables. Au-delà des îles, un petit hydravion-taxi montait dans le ciel : il venait de quitter l'aérodrome situé à l'autre bout de la crique.

« Pas très impressionnant, *Le Repaire du Pirate Violet,* remarqua Hannibal.

— Bob nous avait dit que les affaires du capitaine Joy ne marchaient pas trop bien, dit Peter. C'est peut-être en rapport avec les manigances de Karnes.

— Voilà qui est très possible », acquiesça Hannibal.

Ils descendirent l'allée entre les deux bâtiments et jetèrent un coup d'œil au musée sur leur droite. Il y avait là des sabres couverts de poussière et des fusils couverts de rouille, des statues de pirates et de capitaines au long cours grossièrement moulées dans de la cire jaunissante et des costumes usagés qui ressemblaient plutôt à des déguisements d'enfants qu'à des articles de musée. En approchant de l'embarcadère, les garçons aperçurent un jeune garçon portant une chemise flottante et un large pantalon de boucanier.

« Tiens, fit Peter, c'est Jeremy Joy! »

Sans remarquer Peter, Jeremy escalada précipitamment l'échelle de coupée. Le capitaine Joy lui-même marchait de long en large sur le gaillard d'arrière du *Vautour noir*. La barbe au vent, il portait une longue veste noire, des bottes, une large ceinture de cuir dans laquelle était passé un coutelas, et, sur la tête, un tricorne orné d'une plume rouge. Sa manche gauche se terminait non par une main mais par un crochet de fer. Il apostrophait les touristes qui montaient à son bord :

« Yo ho ho et une bouteille de rhum! Embarquez, embarquez, mes petits agneaux, et plus vite que ça! Un riche galion passe au large! La marée est bonne! Nous allons lever l'ancre, hisser nos voiles et nous emparer d'un riche butin! »

Obéissants, Hannibal et Peter embarquèrent avec les touristes. Soudain des voix de pirates chantant des chansons de marins et poussant des cris à vous geler le sang se firent entendre : elles sortaient de haut-parleurs dissimulés dans les agrès. En même temps, des silhouettes découpées dans du carton se dressèrent de tous côtés sur le pont : un emplâtre sur l'œil, un couteau entre les dents, c'étaient des pirates, on ne pouvait s'y tromper. Une voile unique claqua sur le mât avant et *Le Vautour noir* s'éloigna de la rive. Au moteur, évidemment.

« Tout ça, dit Peter, ne me paraît pas très réaliste. Un moteur, et de la musique en conserve ! »

Les autres touristes ne paraissaient guère enthousiasmés non plus par les pirates de carton et la seule voile qui faseyait dans la brise. Les haut-parleurs s'emplirent d'un bruit de vagues houleuses poussées par l'ouragan. Avec cet accompagnement, entremêlé de chansons et de hurlements sauvages, et soutenu par le ronronnement de son moteur, *Le Vautour noir* déboucha dans la Crique aux Pirates.

« Je me demande pourquoi Karnes et sa bande peuvent s'intéresser à ce truc miteux ! dit Peter.

— Je me le demande aussi, répondit son chef. Ouvrons l'œil, mon vieux, et le bon ! »

Chapitre 5

Bob fait une découverte

Quand Bob arriva au patio de la rue de La Vina, il trouva le portail de bois fermé. Il contourna donc l'édifice et grimpa de nouveau par-dessus le mur. Se glissant prudemment à travers les buissons et les ronces du terrain vague, il alla jeter un coup d'œil dans l'arrière-boutique que les garçons avaient observée deux jours plus tôt. Cette fois-ci, elle était vide. Il s'installa donc dans la broussaille pour attendre.

Un quart d'heure plus tard, il entendit les craquements du portail qui s'ouvrait. Un véhicule devait être en train de pénétrer dans le patio. Bientôt, le major Karnes entra dans l'arrière-boutique. Il était seul et portait un sac de papier. Il s'assit à son bureau, tira un pot de café du sac et le but.

Ayant terminé, il trouva un papier plié dans sa poche et l'étala sur la table.

Au moyen d'une règle, il prit quelques mesures sur le papier. Les résultats semblèrent lui faire plaisir. Il inscrivit quelque chose dans un petit carnet. Puis il se leva et tendit l'oreille. Bob entendit un deuxième véhicule pénétrer dans le patio. Karnes passa dans la boutique. Bob, toujours caché par les buissons, alla jeter un coup d'œil dans la cour centrale : un troisième véhicule — c'était un camion de bonne taille — était en train de faire son entrée par le portail.

Il vint se ranger près des deux autres : la camionnette dans laquelle Carl était parti deux jours plus tôt et un break de marchand de glace. Le camion était équipé d'une plate-forme qu'on pouvait monter et descendre à volonté et portait les mots PÉPINIÈRES ALLEN sur le côté. Le major Karnes parlait à voix basse aux deux conducteurs : un marchand de glace en tenue blanche et un jardinier en combinaison verte, avec des outils suspendus à sa ceinture. Les deux hommes tournaient le dos à Bob, mais leurs silhouettes lui étaient familières. Il en était encore à se demander où il les avait vus quand ils remontèrent dans leurs véhicules respectifs et quittèrent le patio en laissant le portail ouvert.

Le major retourna à la boutique. Bob, quittant sa cachette, se glissa jusqu'à la vitrine. Il entendit le major hurler dans le téléphone :

« D'accord, imbécile. Je te donne dix minutes, andouille. »

Karnes reposa brutalement le combiné. Bob tira l'appareil de surveillance de sa musette et courut à la camionnette qui était restée parquée dans le patio. Il se mit à quatre pattes et colla l'aimant au-dessous du châssis d'acier, le compte-gouttes tourné vers le bas. Puis il se jeta de nouveau dans les buissons. Cette fois-ci il n'eut pas longtemps à attendre.

Le petit major sortit au pas de course de la boutique, monta dans la camionnette et franchit le portail. Il descendit pour le fermer à clef. Puis Bob entendit la camionnette s'éloigner. Alors il piqua un sprint jusqu'à son mur favori et grimpa par-dessus. Il retrouva sa bicyclette enchaînée à un poteau téléphonique, comme il l'avait laissée. Il la détacha, l'enfourcha, et pédala jusqu'au portail. Là, il alluma la torche spéciale.

Les petits points qui brillaient d'une lumière violette étaient clairement visibles sur la chaussée : ils formaient une piste qui s'orientait vers la droite. Tout joyeux, Bob commença sa filature.

La piste violette se dirigea d'abord vers l'océan, puis vers l'autoroute. Bob s'inquiéta. Si Karnes s'engageait sur l'autoroute, pas moyen de le suivre à bicyclette. Ah! mais non! Voilà que les petits points changeaient encore de direction et aboutissaient à un centre commercial.

Des centaines de voitures étaient parquées là, et Bob perdit la trace de la camionnette. Il sentait bien qu'il n'avait pas l'air malin, avec sa torche allumée en plein jour, en train de chercher on ne savait quoi sur le sol, et se félicita de voir que la plupart des acheteurs étaient occupés dans les magasins. Bientôt, cependant, il retrouva la piste lumineuse qui le conduisit à une quincaillerie. Derrière le coin, stationnait la camionnette de Karnes, ses portières arrière grandes ouvertes. Justement, Karnes sortait de la quincaillerie, suivi par son éléphant apprivoisé. Hubert portait un chargement de vieux sacs de pommes de terre.

Lorsqu'il les eut rangés dans la camionnette, les deux hommes rentrèrent dans la quincaillerie. Bob avait bien envie de visiter le véhicule, mais il ne s'enhardit pas jusque-là. Bien lui en prit. Karnes et Hubert reparurent presque aussitôt. Cette fois-ci, Hubert portait une brassée de piles électriques pour torches de grande taille. Elles rejoignirent les sacs à l'arrière de la camionnette, dont les portières furent refermées.

« Dépêche-toi, nigaud! tonnait le petit major. J'ai faim, niquedouille! »

Les deux hommes grimpèrent dans la

cabine et s'éloignèrent. Bob attendit que la camionnette eût disparu, puis il suivit de nouveau la piste fluorescente. Il pédalait à toute allure lorsque, prenant un tournant, il faillit donner de la roue avant dans l'arrière de la camionnette, qui était garée devant un petit restaurant. Quant aux deux hommes, ils se trouvaient dans le restaurant, en train de passer commande d'un déjeuner.

«Ouf!» fit Bob.

L'occasion était trop belle pour la laisser passer. Il ouvrit froidement la portière arrière de la camionnette et examina ce qui se trouvait à l'intérieur.

Il reconnut le tas de sacs à pommes de terre. Il reconnut l'amas de piles électriques. Et en outre il vit une quantité de pioches et de bêches couvertes de terre, d'une terre toute fraîche, toute récemment remuée!

Chapitre 6

Le Pirate Violet se montre

Tandis que *Le Vautour noir* faisait force de voiles ou plutôt de moteur à travers la Crique aux Pirates, la voix du capitaine Joy se faisait entendre dans les haut-parleurs, couvrant les mugissements de la tempête et les cris de guerre des pirates.

« Soyez les bienvenus au *Repaire du Pirate Violet*. Vous allez pouvoir vivre l'aventure la plus passionnante et aussi la plus instructive que l'on puisse trouver au nord de Los Angeles. Vous assisterez aux méfaits du Pirate Violet et de ses compagnons. Notre histoire commence en 1818, le jour où deux navires peints en noir mouillèrent l'ancre au large de la côte d'Alta California. C'étaient la frégate *Argentina,* 38 canons, commandée par le corsaire français Hippolyte de Bouchard, et la *Santa Rosa*, 26 canons, commandée par le pirate Pedro Conde, ayant pour second un certain William Evans.

« Les navires avaient 285 hommes à bord et battaient pavillon argentin. En 1818, l'Argentine était en guerre avec l'Espagne et avait recruté ces redoutables pirates pour attaquer les villes et les bateaux espagnols. Il faut vous dire que la Californie, en 1818, appartenait aux Espagnols. C'est pourquoi, à l'aube du 21 novembre, les deux navires ouvrirent le feu sur le gouverneur Sola et la ville de Monterey. »

BOUM !

Peter sauta en l'air : un canon venait de partir à côté de lui. Un nuage de fumée se répandit sur le pont et tout le monde se mit à éternuer.

« Les batteries de la côte ripostèrent », reprit M. Joy.

PIF ! PAF !

Le Vautour noir approchait de la première des quatre petites îles disséminées dans la crique. Hannibal et Peter distinguèrent les passerelles qui les reliaient entre elles. Comme le bateau dépassait la première île, quatre soldats espagnols, découpés dans du carton et fort abîmés par les intempéries, jaillirent des buissons : un mécanisme permettait de les faire apparaître et disparaître à volonté. Un vieux petit canon qui tenait à peine sur ses roues branlantes se montra sur les rochers de l'île et fit :

Pft!

«Un violent duel d'artillerie s'ensuivit!» poursuivait le capitaine Joy.

BOUM, fit le canon du *Vautour noir,* répandant de nouveau des torrents de fumée.

Pft! riposta le canon de l'île, et du coup il faillit s'écrouler.

«Bientôt le farouche Bouchard put donner l'assaut. Ses troupes, supérieures en nombre, écrasèrent le gouverneur Sola et mirent ses hommes en déroute.»

Deux pirates, qui s'étaient tenus sur le gaillard d'avant du *Vautour noir* un couteau de bois entre les dents, s'élancèrent sur l'île dès que le navire eut ralenti. Les cordes auxquelles ils se tenaient accrochés les déposèrent sur la terre ferme. Là ils tirèrent leur coutelas et, tout en hurlant des injures du plus pur langage marin, se précipitèrent sur les Espagnols en carton qui disparurent dans la broussaille. Les pirates — c'étaient, bien évidemment, le vendeur de billets et Jeremy — déployèrent un «Jolly Roger» en papier et l'agitèrent en signe de triomphe.

«Je commence à comprendre pourquoi les affaires du capitaine Joy ne vont pas trop bien, dit Peter.

— Moi aussi», repartit Hannibal d'un petit ton sec.

Le haut-parleur tonnait toujours :

«Les pirates brûlèrent toutes les maisons de Monterey à l'exception de la mission et de la douane, et mirent le cap au sud. Ils eurent bientôt atteint la crique Refugio et l'hacienda Ortega. Les Ortega mirent tout leur avoir dans des coffres et, en passant par le col Refugio, trouvèrent la sécurité dans la mission Santa Inès.»

Le Vautour noir approchait maintenant de la deuxième île. Deux silhouettes apparurent à terre, portant des chapeaux et des gilets de cow-boys. Jeremy et le vendeur de billets avaient manifestement emprunté une passerelle pour venir jouer ici le rôle de colons espagnols. Ils portèrent une vieille malle sur quelques mètres, tandis que le haut-parleur faisait entendre les bruits d'une troupe au galop et les cris d'une horde de poursuivants.

«Les pirates, ayant débarqué, mirent le feu à toute l'hacienda des Ortega.»

Ayant repris leur costume de pirates, le vendeur de billets et Jérémy reparurent, armés de fausses torches faites avec des manches à balais terminés par des lampes de couleur rouge. Un pot fumigène cracha un filet de fumée et des bâtiments de ferme en carton peint s'illuminèrent de lueurs rouges indéniablement projetées par une roue équipée de projecteurs. Les deux pirates dansèrent de joie autour de l'incendie.

« Les deux navires poursuivirent leur route le long de la côte, avec force incendies et pillages, jusqu'au moment où ils atteignirent la crique où nous nous trouvons en ce moment, et qui s'appelait alors la crique Buenavista. Ici les grands propriétaires terriens espagnols avaient décidé de se défendre pour sauver Los Angeles et toutes leurs autres villes jusqu'à San Diego. »

Le navire atteignait la plus grande des îles de la crique. Toute une armée de silhouettes de carton vêtues de divers costumes espagnols surgit au-dessus d'une petite crête. Le peintre n'était pas Vélasquez, les couleurs étaient flétries et bien des silhouettes tenaient à peine debout. Une rangée de pirates en aussi piteux état apparut à son tour le long du rivage et les haut-parleurs firent entendre des bruits de bataille. Le combat dura longtemps, avec canonnade, hurlements de pirates, insultes espagnoles, épées entrechoquées, le tout enregistré. Les touristes attendaient, l'air morose, que la pitoyable bataille se terminât.

« Ils se défendirent bravement, les vieux hidalgos de l'Alta California, mais les pirates l'emportèrent ; c'est pourquoi cette crique s'appelle depuis lors la Crique aux Pirates. Bouchard et ses égorgeurs pillèrent les haciendas, s'emparant des bijoux, de l'argent et de l'or, et puis ils remirent le cap au sud, pillant les villes les unes après les autres, jusqu'au moment où ils disparurent enfin pour ne plus jamais revenir. Derrière eux ils ne laissaient pas seulement un nom de crique et des haciendas brûlées. Ils laissaient le Pirate Violet!»

D'un geste dramatique, le capitaine Joy désigna la dernière île. Là, dressée sur un bloc de ciment, se dressait une figure imposante qui brandissait son coutelas d'un air menaçant. Robuste et trapu, l'homme était habillé en violet de la plume violette de son chapeau violet à l'empeigne violette de ses bottes violettes. Sa cape violette était bordée d'une frange dorée, sa culotte de boucanier était violette, et il portait un masque violet au-dessus d'une moustache agressive. Deux vieux pistolets étaient passés dans sa ceinture violette et la poignée d'une dague dépassait de sa botte au revers violet.

«Le lieutenant William Evans, second du *Santa Rosa,* se révolta contre Bouchard, assassina Pedro Conde, et remit le cap sur la Crique aux Pirates. C'est ici qu'il installa sa base d'opérations. Il rebaptisa son bateau *Le Vautour noir* et terrorisa toute la côte pendant de longues années. Toujours vêtu de violet du panache aux chaussures, il devint tristement illustre sous le nom de Pirate Violet. Pillant ici et là, sur terre et sur mer, il battit tous les détachements militaires envoyés contre lui. Plusieurs fois, il s'échappa de sa forteresse de pierre, qui se dresse encore ici, en plein *Repaire du Pirate Violet* : c'est la tour que vous voyez à votre droite. Un jour enfin, en 1840, il y fut encerclé et assiégé. Mais non pas pris au piège. Il disparut mystérieusement et on ne le revit plus jamais. La famille Evans possède encore la presqu'île et la tour. »

Pendant que le capitaine Joy racontait l'histoire du Pirate Violet, *Le Vautour noir* fit demi-tour et longea de nouveau les quatre petites îles. Les garçons furent déçus en voyant la tour de pierre : ses trois étages paraissaient déserts et dénués d'intérêt.

Sur le chemin du retour, le spectacle recommença pour illustrer les coups de main et les razzias de William Evans. Le vendeur de billets et Jeremy jouaient tous les rôles qui n'avaient pas été accaparés par des silhouettes de carton. Ils ne cessèrent de courir de part et d'autre sur les passerelles qui reliaient les îles entre elles jusqu'au moment où le pitoyable spectacle se termina enfin au débarcadère. A cet instant, l'un des hydravions-taxis passa en vrombissant au-dessus de la tête des touristes comme pour détruire les quelques illusions qu'ils auraient encore pu avoir.

« Et nous voici arrivés, mesdames et messieurs, à la fin de notre promenade et de la biographie de l'infâme Pirate Violet de Californie. En débarquant, vous trouverez à votre droite des souvenirs et des rafraîchissements. Prenez tout votre temps. La prochaine expédition a lieu dans quinze minutes. »

Quelques rires et quelques murmures se firent entendre, mais la plupart des touristes descendirent l'échelle de coupée en silence. Certains d'entre eux firent une halte devant les modèles de bateaux, les dagues, les coutelas en miniature et d'autres articles de plastique *made in Hong Kong*. La jeune fille mexicaine ne vendait plus les billets : elle servait les touristes. Plusieurs enfants exigèrent de leurs parents des Cocas et des saucisses. Peter et Hannibal attendaient le capitaine et Jeremy tout en observant les boutiques et l'allée qui aboutissait au débarcadère, mais les Joy ne reparurent pas.

« Ils doivent habiter dans le coin », supposa Hannibal.

Les détectives firent un tour derrière le misérable petit musée. Il n'y avait rien de ce côté que l'allée de chênes et la tour de pierre. En revanche, derrière les trois boutiques, ils aperçurent une grande caravane vers laquelle ils se dirigèrent. Sur la porte, une carte indiquait :

Hannibal frappa. Il n'y eut pas de réponse.

« Le capitaine est peut-être encore sur le bateau, dit Peter.

— Je crois plutôt qu'il est dedans et qu'il ne nous entend pas », répondit Hannibal.

Les fenêtres situées sur le devant de la caravane étaient pourvues de stores vénitiens, mais derrière, du côté de la crique et de la pêcherie, il y en avait une par laquelle on pouvait regarder. C'est ce qu'Hannibal s'empressa de faire. Soudain :

« Ba-ba-ba-ba-bal ! » bégaya Peter.

Le détective en chef se retourna précipitamment. Derrière eux se tenait le Pirate Violet en personne. Et il les regardait d'un air fort peu amical. Tout à coup, il brandit son coutelas et, poussant un cri à vous glacer la cervelle dans le crâne, se jeta sur les deux garçons.

« Au secours ! » hurla Peter.

Les détectives étaient acculés à la caravane et le coutelas du Pirate Violet fendait l'air à quelques centimètres de leur gorge.

Chapitre 7

Bob a des ennuis

Les deux jeunes détectives étaient prisonniers du Pirate qui paraissait décidé à se montrer aussi violent que Violet.

« Cette fois-ci, je vous tiens, mes agneaux, et en plein jour encore ! »

Les garçons reconnurent la voix criarde du vendeur de billets, qui se dissimulait sous le masque du Pirate.

« Nous voulions simplement voir le capitaine Joy, monsieur, balbutia Peter. Nous vous avons dit à l'entrée que nous...

— Ils regardent par les fenêtres ! Ils viennent nous espionner de nuit ! récriminait l'homme masqué.

— De nuit ? s'étonna Hannibal. Il y a des gens qui viennent ici vous espionner de nuit ?

— Tu le sais bien, mon gars, puisque c'est toi-même qui... »

A cet instant, Jeremy Joy arriva sur les lieux.

« Peter Crentch ? Hannibal Jones ? Qu'est-ce que vous faites ici avec notre Pirate ?

— Nous sommes venus voir ton père, Jeremy, dit Peter en toute hâte.

— Tu les connais, ces deux-là ? fit le vendeur de billets, toujours soupçonneux.

— Mais bien sûr, Sam. Ils vont au même lycée que moi. Range donc ton coutelas. »

Pas très enthousiaste, le vendeur de billets remit son coutelas au fourreau et ôta son masque.

« Trop de gens se promènent dans les parages depuis quelques nuits, bougonna-t-il.

— Sam est un monsieur qui soupçonne tout le monde, commenta Jeremy en souriant, et il fit les présentations : Sam Davis, voici Peter Crentch et Hannibal Jones. Sam, dit Sam la Galère, est l'adjoint de mon papa.

— Sam la Galère ! répéta Hannibal. Ce surnom me paraît impliquer un passé nautique.

— J'ai passé vingt ans dans la marine, fiston, si c'est ça que tu veux dire, répondit Sam.

— C'est la première fois que nous venons ici, expliqua Hannibal. Nous voudrions parler du major Karnes au capitaine Joy.

— Mon père essaie de réparer le percolateur, dit Jeremy. Nous le trouverons à la buvette. »

En effet, le capitaine Joy s'affairait dans la boutique, mais son principal adversaire n'était pas le percolateur en panne. Un touriste en colère était en train de lui dire son fait.

« Votre spectacle est une ineptie, mon bonhomme ! Nous avons été volés. Rendez-nous nos dollars.

— Je regrette que vous n'ayez pas aimé le spectacle, monsieur, répondit calmement le capitaine, mais aucun remboursement n'est prévu. Il est impossible de plaire à tout le monde. »

L'homme était furibond.

« Je vais porter plainte ! gronda-t-il. Vous n'avez pas fini d'entendre parler de moi ! Vous n'êtes qu'un escroc ! »

Faisant signe à une femme et à un petit garçon de le suivre, il s'éloigna à grands pas vers le parking. Le capitaine Joy s'essuya la sueur du front avec un mouchoir violet.

« Je ne sais pas combien de temps nous pourrons continuer à travailler si nous ne trouvons pas plus d'argent que nous n'en avons, dit-il à Jeremy.

— Il est peut-être temps de fermer boutique, cap'taine, dit Sam la Galère. Le peu de sous qu'il vous reste, il faut les garder pour vivre. »

Jeremy lança à Sam un regard mécontent.

« Mais non, papa, dit-il, tout finira par s'arranger. »

Le capitaine soupira.

« Si nous continuons à raconter des histoires de pirates au major Karnes à 25 dollars l'heure, nous finirons peut-être par amasser assez d'argent pour faire quelques réparations et pour attirer davantage de touristes.

— Mais bien sûr, papa.

— En tout cas, intervint Hannibal, c'est précisément à ce sujet, monsieur, que nous sommes venus vous voir.

— Me voir ? s'étonna le capitaine. Et qui êtes-vous, les garçons ?

— Peter Crentch et Hannibal Jones, présenta Jeremy. Des copains à moi. Ils veulent te parler du major Karnes.

— Qu'est-ce que vous voulez me dire au sujet du major Karnes ?

— Monsieur, nous le trouvons suspect.

— Qu'est-ce que c'est encore que ces sornettes ? s'indigna le capitaine. D'abord il y a les touristes qui viennent me chercher des poux dans la paille, et maintenant vous arrivez, vous autres, et vous trouvez le major Karnes suspect ! Occupez-vous donc de ce qui vous regarde. »

Ayant découvert les sacs et les outils dans

la camionnette, Bob attendit que Karnes et Hubert fussent sortis du restaurant. Lorsqu'ils eurent repris leur véhicule, il ralluma sa lampe spéciale et reprit sa filature. Cette fois-ci la rangée de points lumineux le conduisit jusqu'à la Crique aux Pirates!

Dépassant le parking et l'entrée du *Repaire du Pirate Violet,* la piste s'éloignait vers les bois. Dans le parking, il n'y avait que quelques voitures, et deux touristes seulement achetaient des glaces à un marchand qui avait garé là son break tout blanc. Dans les bois, Bob avisa un camion marqué PÉPINIÈRES ALLEN. Sur la plate-forme mobile se tenait un homme occupé à émonder un arbre. La plate-forme était placée si haut que l'homme se trouvait presque à la même altitude que le sommet de la tour qui se dressait de l'autre côté de la route, au-delà de la palissade de bois entourant *Le Repaire du Pirate Violet.* La camionnette de Karnes était invisible, mais la piste semblait indiquer que le major s'était d'abord arrêté près du marchand de glace, puis du pépiniériste et qu'ensuite seulement il s'était engagé plus loin dans le bois.

Marchand de glace? Pépiniériste? Mais ces deux hommes n'avaient-ils pas déjà communiqué avec le major plus tôt dans la journée? Sans doute Karnes n'était-il venu à la Crique aux Pirates que pour les revoir!

Bob cacha sa bicyclette derrière un buisson et, prudemment, revint au camion. Le jardinier, tout là-haut sur sa plate-forme, avec sa silhouette trapue et ses cheveux noirs... mais c'était Carl! Celui qui enregistrait les interviews dans l'arrière-boutique! Quant au marchand de glace... Bob le voyait parfaitement malgré la distance : c'était l'autre assistant de Karnes, le petit chauve à la grosse moustache, celui qui était entré le dernier dans la boutique.

Il s'agissait donc d'une équipe de surveillance qui travaillait sous déguisement. Le chauve était sans doute déjà là le jour où Carl et Hubert étaient rue de La Vina avec le major. Et Hubert avait peut-être été chargé de la surveillance ce matin, pendant que Carl et le chauve s'entretenaient avec le major à Rocky. Bref, toute la bande s'était arrangée pour surveiller *Le Repaire du Pirate Violet* vingt-quatre heures sur vingt-quatre.

Un nouveau coup d'œil au pépiniériste juché sur sa plate-forme, et Bob vit que Carl avait porté des jumelles à ses yeux. Il les tenait braquées sur quelque chose qui se trouvait à l'intérieur du *Repaire,* mais la palissade était trop haute pour que Bob pût voir ce que c'était. Fallait-il continuer à filer Karnes et Hubert? Non. Leur piste ne s'effacerait pas de sitôt. Le plus urgent, pensa Bob, était de repérer l'objectif de Carl.

D'arbre en arbre, Bob revint sur ses pas en direction du *Repaire.* Les jumelles paraissaient braquées à droite de l'entrée. Il ne s'agissait plus que de pénétrer dans le *Repaire* sans attirer l'attention. Bob passa devant le marchand de glace sans s'inquiéter — le chauve n'avait jamais vu aucun des garçons. Le guichet aux billets était fermé, mais la grille demeurait ouverte. Bob entra et tourna à droite, en direction des vieux chênes et de la tour de pierre au-delà.

Il atteignit les chênes et, de là, il examina la tour. Haute de trois étages, avec un toit plat pourvu d'un parapet, elle se dressait au bord même de la crique, du côté nord de la presqu'île. Elle était séparée de la route par la même palissade de bois que le *Repaire.* Autour, rien qu'une vaste pelouse s'étendant jusqu'aux chênes et à la palissade. Au pied de la tour, un vieux hangar à bateaux à moitié croulant. Qu'observait donc Carl ? La tour elle-même ? Le hangar à bateaux ? Bob décida d'aller jeter un coup d'œil au hangar.

Fait de vieilles planches mal rabotées et rendues toutes grises par les embruns, le bâtiment était percé sur le devant d'une fenêtre et d'une double porte. L'ensemble penchait fortement à gauche et plusieurs planches en avaient été arrachées. La construction datait, eût-on dit, du Pirate Violet lui-même.

Bob coula un regard par la fenêtre, mais il ne vit rien à l'intérieur que la surface de l'eau qui brillait sombrement. Alors il alla jusqu'à la porte et essaya de la pousser.

Soudain un objet très dur le heurta dans les reins et une voix de basse retentit derrière lui :

« Demi-tour, mon gars, mais lentement! Très lentement! »

Bob fit demi-tour.

Un homme de taille moyenne, à la large carrure, chaussé d'espadrilles, vêtu d'un pantalon blanc et d'un maillot bleu, le dévisageait. Le plus ennuyeux, ce n'était pas l'homme : c'était le pistolet que l'homme tenait à la main.

Chapitre 8

Le capitaine Joy refuse

L'attitude du capitaine Joy n'était guère encourageante. Hannibal et Peter, la tête basse, s'éloignaient déjà de la buvette lorsque Jeremy s'adressa à son père.

« Dis donc, papa. Moi, je les connais, ces gars. Tu pourrais au moins les laisser raconter leur histoire.

— Moi aussi, je les connais, fit Sam la Galère. Des galopins, voilà ce que c'est.

— J'ai du pain sur la planche, dit le capitaine, mais puisque vous êtes des amis de Jeremy, je vais vous donner cinq minutes. Sam, occupe-toi des billets. Vous autres, venez avec moi. »

Le capitaine marcha vers la caravane. Les garçons la trouvèrent meublée comme une maison, mais tous les meubles étaient proportionnés aux pièces, lesquelles étaient minuscules. Le capitaine indiqua un divan en miniature. Hannibal et Peter s'y assirent. Jeremy se percha sur le bras d'un fauteuil lilliputien. Le capitaine resta debout.

« Alors, ça vient ? Qu'est-ce que vous avez contre le major Karnes ? »

Hannibal exposa tout ce qu'ils avaient vu les jours précédents, en particulier la manière dont les bandes étaient effacées. Il précisa que personne n'avait été payé, sauf le capitaine, contrairement à ce qui avait été promis. Il indiqua que, selon lui, Karnes n'avait jamais eu l'intention d'interviewer les candidats qui s'étaient présentés après le capitaine.

« Ecoute-moi, Hannibal. Tu t'appelles bien Hannibal ? Je ne vois pas ce qu'il y a de suspect dans tout cela, dit le capitaine. Karnes avait trouvé ce qu'il voulait. Pourquoi aurait-il perdu son temps à prendre d'autres interviews ?

— Le tract disait que tout le monde serait payé, objecta Peter.

— C'est toi qui auras mal compris le tract, Peter. Tu t'appelles bien Peter, toi ? Ou alors le major se sera mal exprimé. Ce n'est pas un crime.

— Mais pourquoi renvoyer les gens sans même les entendre ? protesta Hannibal.

— Parce qu'il y en avait trop. Et cette

manière de garder ceux qui étaient venus de plus loin me paraît sensée et juste.

— Oui, mais ne pas interviewer du tout ceux qui avaient leur domicile en ville, était-ce sensé et juste, papa? demanda Jeremy.

— Eh bien...»

Le capitaine paraissait hésitant sur ce point.

«Et à quoi bon ces tracts, si le major savait d'avance qu'il n'interviewerait pas la plupart des gens qui se présenteraient? interrogea Hannibal.

— Parce qu'il ignorait que Jeremy et moi pouvions lui dire tout ce qu'il voulait savoir! C'est aussi simple que ça!» annonça le capitaine d'une voix triomphante.

Jeremy regarda ses amis d'un air perplexe : s'étaient-ils trompés?

«Dans ce cas, monsieur, dit Hannibal, pourquoi le major efface-t-il vos interviews comme les autres?

— Mes interviews?!

— Nous l'avons vu le faire, précisa Peter.

— Impossible. Qu'est-ce que vous êtes en train d'insinuer, vous deux? Dans quelle sale histoire voulez-vous m'attirer?

— Papa, intervint Jeremy, et s'ils avaient raison? Il y a peut-être quelque chose qui cloche dans tout ça. Tu sais qu'Hannibal et Peter sont détectives?

— Détectives?! s'exclama le capitaine.

Tu veux dire qu'ils jouent à Sherlock Holmes quand ils ont fini de jouer à Tarzan?

— Mais non, papa, ce sont de vrais détectives. Montrez-lui votre carte, les gars.

— Nous sommes des détectives... en herbe, dit Hannibal, et nous avons réussi à débrouiller quelques affaires.»

Il exhibait une carte de visite et une lettre, sur lesquelles le capitaine jeta un regard sceptique.

La carte se présentait comme ceci :

LES TROIS JEUNES DETECTIVES
Détections en tout genre
? ? ?
Détective en chef : HANNIBAL JONES
Détective adjoint : PETER CRENTCH
Archives et recherches : BOB ANDY

Le capitaine poussa un grognement et lut la lettre.

ATTESTATION

JE SOUSSIGNÉ, SAMUEL REYNOLDS, INSPECTEUR DE POLICE, ATTESTE PAR LES PRÉSENTES QUE LE PORTEUR EST UN AUXILIAIRE VOLONTAIRE DE LA POLICE MUNICIPALE DE ROCKY. IL EST DEMANDÉ À TOUTES LES AUTORITÉS DE LUI PORTER AIDE ET ASSISTANCE.

Signé : SAMUEL REYNOLDS
Inspecteur de police

M. Joy inclina sa tête barbue et regarda les garçons d'un meilleur œil.

« Je vois que l'inspecteur Reynolds pense du bien de vous, les garçons, prononça-t-il, et je regrette d'avoir mis en doute vos intentions. Je sais maintenant qu'elles sont bonnes, et votre amitié pour Jeremy aurait dû me rendre mieux disposé à votre égard. Cependant, je suis certain que vous avez commis une erreur, ou qu'il y a malentendu.

— Mais papa, dit Jeremy, pourquoi ont-ils effacé ta première bande ?

— Peut-être pour une raison technique, dit le capitaine. Karnes voulait utiliser une bande spéciale pour l'interview proprement dite. Ou bien il préférait que nous commencions notre histoire par un autre bout. Cela fait deux jours que nous enregistrons et je suis sûr qu'il ne touche pas à ces bandes-là.

— Cela reste à vérifier, monsieur, dit Hannibal.

— Qu'est-ce que tu vas encore t'imaginer, Hannibal ?

— J'aurais tendance à croire que l'organisation des interviews n'avait d'autre but que de lui permettre de vous parler, à vous et à Jeremy.

— Mais nous n'avions jamais rencontré Karnes ! Nous n'avions jamais entendu parler de lui ! Qu'est-ce qu'il pourrait nous vouloir ? Nous n'avons rien ! Nous subsistons à peine grâce à ce spectacle, et si nous ne trouvons pas d'argent pour le renflouer, nous serons à la rue.

— Justement, dit Peter. Peut-être que le major a jeté son dévolu sur votre terrain.

— Mais le terrain n'est pas à moi. Je le loue à Evans.

— Evans ? répéta Hannibal.

— Hé oui ! Le terrain appartient à un descendant du Pirate Violet.

— Je croyais que le Pirate Violet avait disparu sans laisser de traces, dit Hannibal.

— Oui, fit le capitaine en souriant, mais il a reparu ensuite et il a même fondé une famille. Seulement l'histoire paraît plus dramatique si on raconte qu'on ne l'a jamais revu : comme cela, il devient un personnage légendaire. »

Hannibal demanda :

« Quels sont ces indiscrets dont nous a parlé Sam la Galère ?

— Je ne sais même pas s'il y en a, répondit le capitaine. Des hommes sont passés ici de nuit, mais ce sont peut-être des clochards qui ont préféré dormir chez nous plutôt qu'à la belle étoile. Ecoutez-moi bien, les garçons. Je suis certain que, cette fois, vous vous trompez. Le major Karnes et ses assistants ne peuvent pas nous vouloir de mal.

— Tu ne penses pas, papa, proposa

Jeremy, que nous devrions engager les Trois jeunes détectives pour qu'ils enquêtent sur l'affaire? Comme ça, nous serions sûrs, vraiment sûrs.

— Il n'en est pas question, dit M. Joy d'un ton tranchant. Les garçons, vous cherchez des complications là où il n'y en a pas, et nous, nous avons besoin de l'argent que Karnes nous donne. Je ne veux pas risquer de perdre cette source de revenus. Vous allez cesser de vous mêler des affaires du major. Est-ce clair?»

Tout dépités, les garçons n'eurent pas le temps de répondre. Une voix irritée se faisait entendre au dehors de la caravane :

«Joy! Ouvrez! Je vous avais averti que je ne voulais pas de rôdeurs autour de chez moi!»

Chapitre 9

Mise en garde

« C'est Josué Evans », annonça le capitaine.

Il ouvrit la porte de la caravane. Un homme à la large carrure, portant un pantalon blanc et un maillot entra. Il était rouge de colère.

« Joy, je vous avais prévenu. Je ne veux voir personne autour de ma tour. Et voilà que je prends un voyou qui était en train de s'introduire dans mon hangar à bateaux. Il prétend être une espèce de détective en bas âge employé par vous pour je ne sais quelle affaire complètement loufoque.

— C'est Bob ! » s'écrièrent Hannibal et Peter d'une même voix.

Le nouveau venu se retourna contre eux, tout en traînant Bob à l'intérieur de la caravane par la peau du cou.

« Vous connaissez ce chenapan ? Eux aussi, Joy, ce sont des jeunes délinquants ?

— Nous ne sommes pas des délinquants, et Bob non plus, répliqua Peter avec chaleur.

— Toi, mon gars, on ne t'a pas demandé l'heure qu'il est, tonna Josué Evans. Comment se fait-il que les deux vôtres connaissent le mien, Joy ?

— Je regrette que vous ayez été dérangé, Evans, dit le capitaine. Ces deux jeunes gens sont des amis de Jeremy. Ils voulaient me parler...

— Du Pirate Violet, monsieur, intervint Hannibal. Notre classe fait une étude historique sur lui. Bob devait nous rejoindre, et il a dû franchir les limites de votre propriété par erreur. Il n'avait sûrement pas l'intention de vous déranger. Mais, si je comprends bien, vous vous appelez M. Evans et vous habitez dans la tour ? Seriez-vous un descendant de William Evans, le Pirate Violet ? »

Evans le regarda d'un mauvais œil.

« Tu te crois bien intelligent, mon gros ? Moi, tout ce que j'ai à te dire, c'est que les études historiques, je m'en balance, et que je ne veux pas d'inconnus dans mes plates-bandes. Il y a une rangée de chênes entre ma tour et le cirque de Joy, ce n'est pas pour rien. J'interdis que quiconque franchisse cette limite. Quant à vous — il se tournait vers le capitaine —, je vais libérer ce garnement pour cette fois, mais sachez que je ne veux voir ni vos clients ni vos amis sur mes terres.

— Vous ne serez plus dérangé, promit le capitaine.

— Vous avez intérêt à ce que je ne le sois pas», grogna Evans, et il sortit en claquant la porte de la caravane derrière lui.

Dès qu'il fut sorti, le capitaine se tourna vers Hannibal :

« Pourquoi ne vouliez-vous pas qu'il sache la vraie raison de votre présence ici ?

— Je n'aime pas beaucoup discuter de soupçons non étayés de preuves, monsieur, répondit Hannibal. En outre, nous ne savons rien de M. Evans, et il m'a toujours semblé qu'il était préférable de se taire quand on ne savait pas à qui on parlait.

— Ouais, fit le capitaine, soupçonneux.

— Il n'aime vraiment pas qu'on empiète sur son terrain, constata Hannibal.

— C'est son droit. La propriété lui appartient, Hannibal.

— Moi, je me demande une chose, dit Peter. Comment un pirate, qui était hors la loi, a-t-il pu laisser un héritage à ses enfants ?

— William Evans n'était pas un maladroit, Peter, dit le capitaine en souriant. Tu te rappelles qu'il n'a jamais été capturé. Simplement, par un beau jour de 1840, il a disparu de sa tour. Sa femme et ses enfants sont restés sur place, et lui a reparu en 1848, en qualité de soldat américain engagé dans la guerre contre le Mexique. C'est nous qui avons gagné ; la Californie est devenue une partie des Etats-Unis, et Evans a récupéré son terrain en récompense des services rendus au gouvernement américain. Personne, vois-tu, ne pouvait prouver qu'il avait été le Pirate Violet. Il n'y avait pas d'empreintes digitales à l'époque, et puisque le Pirate Violet n'avait jamais été capturé, on ne connaissait de lui ni portraits ni signes distinctifs. Au cours du siècle passé, ses descendants ont vendu leurs terres jusqu'au moment où seules la péninsule et la tour qui est dessus sont restées. J'ai loué ma part à la mère de Josué avant sa mort. Josué était parti pour de nombreuses années, mais voilà que, récemment, il est revenu.

— Cela fait combien de temps ? demanda Hannibal.

— Un an environ.

— Tant que cela ? » fit Hannibal d'un ton déçu.

Le capitaine regarda sa montre.

« C'est l'heure du prochain spectacle, les garçons. Je regrette.

— J'arrive dans un instant, papa », dit Jeremy.

Il sortit pour reconduire les Trois jeunes

détectives. Ils se tinrent là, dans la lumière de ce début d'après-midi, et ils observèrent les quelques nouveaux clients qui entraient par la grille et descendaient vers l'embarcadère.

« Vous croyez vraiment que le major Karnes est en train de nous duper ? demanda Jeremy.

— J'en suis certain, répondit Hannibal.

— Et moi, encore plus, après ce que j'ai découvert aujourd'hui. Ecoutez-moi, les gars », fit Bob.

Il leur décrivit les déguisements sous lesquels Carl et l'autre acolyte du major surveillaient *Le Repaire du Pirate Violet;* il précisa que, d'après lui, le *Repaire* devait être épié jour et nuit, et il mentionna les sacs, les piles et les outils qu'il avait repérés dans la camionnette.

« Il faudrait dire tout ça à mon papa, s'écria Jeremy.

— J'ai l'impression que, pour le moment, cela ne ferait aucune différence, objecta Hannibal en secouant la tête. Il ne veut pas nous croire et il faudra des preuves pour le convaincre. L'heure est venue pour nous de chercher des indices sur l'objectif réel de Karnes et de sa bande. Bob, tu étudieras l'histoire locale du Pirate Violet. Peter, tu glaneras ce que tu pourras sur la Crique aux Pirates. Je me pencherai moi-même sur le passé du capitaine Joy. Jeremy, pouvons-nous compter sur ton aide pour percer ce mystère?

— Plutôt deux fois qu'une, répondit Jeremy. Qu'est-ce que je dois faire?

— Pour commencer, essaie de te rappeler tout ce qui, dans le passé de ton père, aurait pu le mettre en rapport avec Karnes. La dernière croisière du *Vautour noir* est à quatre heures, n'est-ce pas? A quelle heure pourrais-tu nous rejoindre au bric-à-brac de mon oncle?

— Vers cinq heures et demie, je pense.

— Parfait. Vous êtes d'accord, vous autres?»

Peter et Bob étaient d'accord.

«Dans ce cas, au travail, et rendez-vous au P.C. à cinq heures trente!»

Telle fut la décision du détective en chef.

Chapitre 10

Hannibal a une idée

Il était exactement cinq heures et demie quand Jeremy Joy entra à bicyclette dans le *Paradis de la Brocante.* Où qu'il regardât, il ne voyait pas trace des Trois jeunes détectives. Il les chercha derrière des dizaines de vieilles machines et d'éléments arrachés à des centaines de vieux bâtiments livrés à la démolition, mais il ne vit rien qui ressemblât à un P.C., sinon le bureau de vente du bric-à-brac.

« Toi, mon garçon, qu'est-ce que tu veux ? »

Une voix tonitruante avait retenti juste derrière Jeremy. Il se retourna et vit la matrone puissamment bâtie qui l'apostrophait.

« Je... Je cherche Hannibal, et Bob, et...

— Eh bien moi aussi, mon garçon, je cherche Hannibal, et comme je suis sa tante

Mathilde, tu vas devoir attendre ton tour. J'ai deux mots à leur dire, moi, à ces vauriens qui disparaissent pour la journée et qui prennent la poudre d'escampette quand je viens de les retrouver.

— Vous les avez donc vus, madame? Ici?

— Ici même, il n'y a pas cinq minutes. Ces sacripants ont des radars qui détectent le travail que je veux leur faire faire avant que je ne l'aie détecté moi-même.»

Tante Mathilde parlait d'un ton bougon, mais cela ne l'empêchait pas d'admirer son neveu et les amis qu'il avait réunis autour de lui.

«Pas la moindre idée de l'heure à laquelle ils vont reparaître. Tu ferais peut-être mieux de repasser plus tard.

— Je préfère attendre, madame, si ça ne vous fait rien.

— Tu feras comme tu voudras, mon garçon. L'atelier d'Hannibal est par là-bas, mais ça m'étonnerait que tu les y trouves de sitôt : ils savent que je les cherche pour travailler.»

Tout en gloussant, tante Mathilde rentra dans le bureau. Jeremy traversa le bric-à-brac en souriant. Il devinait que la brave dame n'était pas aussi terrible qu'elle voulait le paraître.

L'atelier était flanqué d'une montagne d'objets de rebut, mais on ne voyait toujours aucune trace des trois garçons. Pour attendre, Jeremy s'assit sur un grand tuyau qui émergeait de la montagne. Il jeta un regard circulaire.

«*Jeremy...*»

Une voix sépulcrale chuchotait à côté de lui. Le malheureux sauta en l'air.

«*Pas dehors. Dedans.*»

La voix semblait sortir de la montagne de bric-à-brac.

«Peter? balbutia Jeremy. Hannibal?

— *Chut,* fit la voix. *Tante Mathilde nous cherche pour nous faire faire des corvées. Si elle nous trouve, qui résoudra l'énigme de Karnes?*»

Eberlué, Jeremy regardait de tout côté et ne voyait personne.

La voix invisible se mit à rire :

«*Assure-toi que personne ne te regarde, et puis mets-toi à quatre pattes et entre dans le tuyau en rampant.*»

Jeremy regarda le tuyau d'un nouvel œil. Sûr que personne ne pouvait le voir, il exécuta ponctuellement les ordres. Dans la pénombre, Peter l'attendait en souriant de toutes ses dents.

«Ceci est le Tunnel numéro deux, expliqua-t-il. Nous avons d'autres moyens pour accéder au P.C., mais celui-ci est le plus pratique.

— P.C.? s'écria Jeremy. Votre P.C., c'est ce tas de saletés?

— Oui et non, répondit Peter en riant. Avance. »

A la suite de Peter, Jeremy sortit du tuyau et se trouva sous une trappe par laquelle il aboutit dans une petite pièce encombrée de chaises, de tables, de fichiers, de toute sorte d'objets, y compris un corbeau empaillé. Bob et Hannibal l'accueillirent par des sourires.

« Mais c'est une vraie pièce ici, s'étonna Jeremy. Ah ! je comprends. En rampant dans le tuyau, nous avons traversé la montagne de bric-à-brac et nous avons débouché dans un bâtiment.

— Erreur, dit Hannibal, les yeux pétillants de malice. En ce moment, tu te trouves exactement au centre de la montagne de bric-à-brac.

— Mais... comment avez-vous installé un bureau dessous ? »

Les détectives se mirent à rire.

« Facile, répondit Bob. C'est la montagne que nous avons installée sur le bureau. Tu te trouves dans une caravane comme la tienne, mais plus petite. Nous l'avons garée ici, et nous avons jeté dessus cet amas de débris.

— Personne ne sait que nous sommes là, mais nous voyons tout le monde grâce à notre périscope, ajouta Peter.

— Ce qui nous permet d'échapper à la

tante Mathilde et à ses corvées», acheva Hannibal.

Il désigna à Jeremy la dernière chaise et ouvrit la séance de travail.

«Alors, Jeremy, as-tu trouvé quoi que ce soit dans le passé de ton père qui puisse expliquer les manœuvres de Karnes?

— Rien, Babal. J'y ai pensé tout l'après-midi. Moi, j'ai passé ma vie à Rocky. A aucun moment mon père n'a eu d'ennuis avec la police. Il n'a jamais rien fait de douteux. Avant cela, ma mère et mon père habitaient San Francisco parce qu'il était dans la marine. Quand maman est morte, nous sommes venus nous installer ici. D'abord papa s'est occupé d'un bateau de pêche. Puis il a loué le terrain d'Evans et il en a fait *Le Repaire du Pirate Violet.*»

Hannibal inclina la tête.

«J'en étais arrivé aux mêmes résultats. Rien de particulier, à ce qu'il me semble. Et toi, Bob, quelles nouvelles du Pirate Violet?

— Pas grand-chose que le capitaine Joy ne nous ait déjà dit, Babal. Les Espagnols étaient sûrs de l'identité du Pirate Violet, mais ils n'ont jamais pu prendre William Evans pour prouver que c'était bien lui. Plusieurs fois, ils croyaient le tenir dans sa tour, mais il réussissait toujours à s'échapper. Et lorsqu'il est revenu avec les soldats américains, il est devenu un citoyen respectable comme les autres.

— Il y a eu des tas de trucs publiés sur la Crique aux Pirates, dit Peter. Deux livres entiers et des articles hauts comme ça! Le Pirate Violet n'a pas été le seul à utiliser la crique : il y a eu aussi des contrebandiers, des brigands et même des fabricants de whisky clandestin, pendant les années de la prohibition. Pas mal de choses tordues ont dû se passer dans le coin, mais je n'ai pas trouvé mention d'un seul Joy, d'un seul Karnes ou même d'un seul Evans, sauf le Pirate Violet.

— Nous piétinons, messieurs, nous piétinons, dit Hannibal, le sourcil froncé. A part le Pirate Violet, pas un indice. Nous savons que Karnes et sa bande ont fait des excavations, mais nous ne savons ni pourquoi ils surveillent le *Repaire,* ni pourquoi ils ont organisé ces interviews avec le père de Jeremy.

— Karnes doit penser qu'il y a du trésor de pirate dans l'air, supposa Peter, et il veut éloigner les Joy pour qu'ils ne le trouvent pas avant lui.

— Ou pour qu'ils ne le voient pas le trouver et ne le revendiquent pas pour eux-mêmes, proposa Bob.

— Ou bien, imagina Hannibal, le capitaine sait peut-être quelque chose que le major a besoin d'apprendre pour creuser au bon endroit. Même le capitaine ignore ce que c'est, et Karnes espère qu'en le faisant parler assez longtemps du Pirate Violet le précieux détail se révélera tôt ou tard.

— Il s'est peut-être déjà révélé», suggéra Jeremy.

Hannibal avait une objection.

«Si le capitaine avait déjà indiqué où se trouve le trésor, à quoi bon continuer les interviews? D'un autre côté, si le capitaine ne sait pas lui-même qu'il sait quelque chose, pourquoi Karnes et ses hommes surveillent-ils *Le Repaire du Pirate Violet* nuit et jour? Il faudrait que, de notre côté, nous sachions tout ce que le capitaine dit, a dit et dira dans ses interviews.

— Je pourrais m'occuper de ça, proposa Jeremy. Un : je chipe les bandes que nous avons déjà faites. Deux, j'emporte un petit magnétophone avec moi pour enregistrer ce que nous dirons à l'avenir.

— Nous? s'étonna Hannibal. C'est vrai. Hier au soir, tu as aussi accompagné ton père. Je le sais parce que je... euh... j'avais établi un poste de surveillance à proximité de l'objectif.

— Bien sûr que je l'ai accompagné, dit Jeremy, surpris. Pourquoi pas? Le major y tenait beaucoup. Il dit que, si mon père me raconte ces histoires-là depuis des années, je peux l'aider à ne rien oublier.»

Les yeux d'Hannibal brillaient de plus en plus.

«Je parie que le major Karnes n'était pas présent aux séances du soir. Est-ce vrai?»

Jeremy fit signe que c'était vrai.

«Et Sam la Galère, où couche-t-il?

— Il a une chambre en ville.

— Bref, ton père et toi, vous êtes les seuls habitants du *Repaire du Pirate Violet*?

— Sauf Josué Evans.

— Encore une question, Jeremy. Ces séances d'enregistrement, elles durent combien de temps, d'ordinaire?

— De neuf heures à onze.

— Jeremy, va enregistrer ce soir comme d'habitude, mais persuade les gens de Karnes d'arrêter le climatiseur et d'ouvrir la fenêtre. Je serai embusqué dehors et je veux entendre ce qui se dira.»

Les trois compagnons d'Hannibal le considérèrent avec surprise.

«Je crois connaître le fin mot de l'énigme, leur confia-t-il en toute modestie. Avec un peu de chance, tout sera résolu ce soir.»

Chapitre 11

Embuscade de nuit

Il était huit heures du soir quand les Trois jeunes détectives se réunirent de nouveau dans leur P.C. clandestin pour commencer à exécuter le plan d'Hannibal.

« Voici comment nous opérerons, dit le détective en chef. Jeremy accompagnera son père à l'interview. Je m'embusquerai près de l'arrière-boutique pour les observer. Peter surveillera *Le Repaire du Pirate Violet.* Mes nouveaux walkie-talkies ont une portée d'environ cinq kilomètres, mais il y en a bien huit de la rue de La Vina au *Repaire.* Bob se mettra donc au milieu et assurera le relais des messages entre les deux embuscades. C'est clair, les gars ? »

Bob et Peter acquiescèrent et, prenant

leurs bicyclettes, allèrent se mettre en position.

Il faisait presque nuit quand, suivant une route secondaire, Peter arriva à la Crique aux Pirates. Il éteignit ses feux et, sans bruit, roula jusqu'au bouquet d'arbres qui croissaient face à l'entrée du *Repaire du Pirate Violet.* Il attendit quelques instants, pour laisser ses yeux s'accommoder à l'obscurité. Puis, sans hâte, il scruta la nuit. Il vit que le camion des pépinières Allen était toujours garé de l'autre côté de la route, face à la tour de pierre. La pointe d'une cigarette, tantôt bien rouge, tantôt sur le point de s'éteindre, indiquait que le conducteur s'était mis au volant et qu'il ne dormait pas. Peter chuchota dans son walkie-talkie :

« Bob. Rends compte au chef que Carl est toujours en position au *Repaire.* »

A près de cinq kilomètres de là, sur une petite éminence qui dominait la route secondaire, Bob se pencha à son tour sur son walkie-talkie, dans la nuit qui l'environnait.

« Chef. Peter rend compte que Carl surveille le *Repaire.* »

A trois kilomètres de Bob, Hannibal, accroupi dans les buissons à proximité de l'arrière-boutique de la rue de La Vina, répondit :

« Parfait, Bob. Karnes, Hubert et le chauve sont là, à ne rien faire. Dis à l'adjoint de faire bien attention. »

Camouflé dans l'ombre des arbres, Peter n'avait pas besoin des recommandations de son chef. Il savait trop bien que Carl n'était qu'à quelques centaines de mètres de lui. Adossé à un arbre, Peter était assis de manière à voir les alentours : le parking, la grille, les deux étages supérieurs de la tour et le camion des pépiniéristes avec son occupant solitaire.

La dernière lumière du jour venait de s'éteindre quand un réverbère s'alluma automatiquement au-dessus de l'entrée du *Repaire*. A l'intérieur, une voiture se mit en marche. Le capitaine Joy et Jeremy franchirent la grille. Jeremy descendit pour la refermer à clef. Puis il remonta et la voiture s'éloigna. Peter jeta un regard à la forme incertaine du camion de pépiniériste : pas de mouvement de ce côté ; Carl fumait toujours dans la cabine.

Peter rendit compte :

« Le capitaine Joy et Jeremy viennent de quitter le *Repaire*. Carl ne bouge pas. Il observe. »

Bob passa le message de Peter à Hannibal. Il avait à peine fini de parler qu'il vit la voiture du *Repaire* passer devant lui, en route vers Rocky.

Près de l'arrière-boutique, Hannibal écoutait les messages de Bob et surveillait en même temps les trois hommes. Bob parlait encore quand le major Karnes regarda sa montre, se dressa et marcha vers la porte. Hubert l'Eléphant l'imita. Le moustachu chauve resta seul.

Rapidement, Hannibal se déplaça dans les buissons du terrain vague et alla jeter un coup d'œil dans le patio. Karnes et Hubert étaient en train de grimper dans la camionnette qui contenait les sacs et les outils. Le véhicule se mit en marche.

Hannibal passa la nouvelle à Bob, puis il revint se mettre en place. Le bonhomme chauve vérifiait le fonctionnement du magnétophone, mettait une bande, installait deux chaises devant le bureau. Hannibal entendit une voiture pénétrer dans le patio. Bientôt le capitaine Joy et Jeremy entrèrent dans la pièce. Jeremy fit le geste de se frotter les épaules, comme s'il avait froid, et échangea quelques mots avec le chauve, qui se résigna à arrêter le climatiseur et à ouvrir la fenêtre. Pendant que le bonhomme installait le capitaine devant le bureau, Jeremy s'approcha de la fenêtre et regarda dehors : il cherchait à apercevoir Hannibal.

Mais au premier regard il comprit qu'il risquait de faire découvrir l'embuscade. Il s'empressa de retourner à la table et au magnétophone. Le chauve ne semblait avoir rien remarqué de suspect.

« Monsieur Santos, dit le capitaine, j'aimerais réécouter les bandes que nous avons déjà enregistrées.

— Désolé, dit M. Santos. Le major les emporte régulièrement au studio.

— Pourquoi cela ? demanda Jeremy.

— Pour travailler dessus, je suppose. Et il en fait des copies pour les directeurs de la société, vous comprenez. Maintenant, on commence à travailler, d'accord ? »

Santos fit asseoir Jeremy devant le bureau et appuya sur le bouton « enregistrement » du magnétophone. Puis il alla s'installer dans un coin près de la porte, où il se plongea dans une bande dessinée, tandis que le capitaine recommençait à débiter ses histoires de pirates.

Le détective en chef, lui, était toujours camouflé dans ses buissons et il observait le capitaine et son fils. Mais où étaient le major Karnes et Hubert ? Ils avaient laissé Carl en train d'espionner *Le Repaire du Pirate Violet* et Santos en train d'enregistrer les histoires de Joy et de son fils, à 25 dollars l'heure. C'était là une méthode de paiement qui encourageait le capitaine à raconter le plus lentement possible. Pourquoi ? Hannibal pensait savoir pourquoi. Il pensait même savoir où Karnes et Hubert se trouvaient en ce moment.

Le réverbère unique du *Repaire* éclairait faiblement la barrière fermée au cadenas et le guichet aux billets. Rien ne bougeait dans les parages... ni dans les parkings. La lueur de la cigarette de Carl, dans la cabine du camion des pépiniéristes, gagnait et perdait régulièrement en intensité : l'homme n'avait pas abandonné sa surveillance. De temps en temps, Peter entendait une voiture passer sur la route. Une fois, un hydravion-taxi s'envola de la crique.

Une camionnette approcha lentement, presque silencieusement. Elle venait de Rocky. Elle entra dans le parking, ses phares s'éteignirent, et elle s'arrêta devant la barrière fermée du *Repaire du Pirate Violet.* Les portières s'ouvrirent. Le major Karnes et Hubert sautèrent au sol.

« Bob ! souffla Peter dans son émetteur. Le major et Hubert viennent d'arriver ! »

Derrière le patio de la rue de La Vina, Hannibal écoutait attentivement le compte rendu de Peter transmis par Bob.

« Exactement ce que je prévoyais, Bob, fit-il, les yeux brillants. Tous ces enregistrements n'ont qu'un objectif : entraîner Joy et son fils loin du *Repaire,* de manière que Karnes et sa clique puissent y faire des fouilles. La chose qu'ils cherchent s'y trouve-t-elle ou non? C'est une autre histoire. »

La voix de Bob grésillait dans l'appareil.

« Peter dit que Karnes et Hubert attendent devant la barrière... Maintenant Carl a traversé le parking et il est près d'eux... Carl a l'air de crocheter le cadenas... Karnes et Hubert sont de nouveau dans la camionnette et ils entrent... Ils vont très lentement, Babal, et sans phares... Carl referme la barrière et il retourne au camion du pépiniériste. Peter ne voit plus ni la camionnette ni Karnes. »

Hannibal mâchonnait sa lèvre inférieure.

« Bob, dis à Peter de les suivre. Il est essentiel qu'il pénètre dans le *Repaire.* »

A l'autre bout, Peter, caché sous les arbres, secoua la tête.

« Je ne vois pas comment je pourrais franchir cette barrière. Carl est monté sur sa plate-forme hydraulique et il me verrait passer, c'est sûr. Je ne peux pas non plus escalader la palissade : elle est trop lisse et trop haute, et Carl me verrait quand je serais dessus.

— Babal dit qu'il doit y avoir moyen pour entrer et pour voir ce qu'ils font », répliqua Bob, le relais.

Les yeux de Peter scrutèrent le paysage.

Comment entrer dans le *Repaire* sans se faire... repérer ?

« A la rigueur, murmura-t-il enfin, après un silence, je pourrais contourner la pêcherie. La palissade du *Repaire* y aboutit de mon côté. Mais si je grimpe sur la jetée et que je nage jusqu'au *Repaire,* Carl ne me verra pas. »

Dans le silence de la nuit, Peter attendait la réponse du walkie-talkie. Au-delà de la palissade, il n'y avait pas une lumière, pas un bruit.

« Le chef te fait dire de foncer, prononça la voix de Bob. Mais de foncer prudemment ! »

Chapitre 12

Dix sacs pleins de...

Toujours embusqué, Peter regardait la forme du camion de pépiniériste, à quelques centaines de mètres de lui. La pointe rouge de la cigarette était maintenant haut dans les airs : Carl devait être sur sa plate-forme hydraulique, en position pour observer ce qui se passait de l'autre côté de la palissade.

Le détective adjoint examina la route et les parkings vides. S'il restait du côté de la route où il se trouvait, et ne la traversait qu'après avoir atteint la pêcherie, Carl ne le verrait pas exécuter son mouvement.

Après un dernier coup d'œil pour s'assurer que Carl était toujours perché sur son engin, Peter fonça. Rapide, plié en deux, dissimulé par les arbres, il atteignit un point au-delà de la pêcherie. Là, il traversa la route. Il se trouvait hors de vue de Carl. Il resta là immobile, l'oreille tendue. Aucun bruit, aucun mouvement n'indiquait que sa présence eût été détectée.

Il suivit alors le mur de la pêcherie jusqu'au bout. Grimpant à la verticale, il parvint, grâce aux poutres et aux corniches qui dépassaient, à se trouver plus haut que la palissade qui séparait la pêcherie de sa jetée de bois. Ayant pris son souffle, il se laissa tomber en douceur sur les planches qui assourdirent son atterrissage. À tâtons, il s'avança sur la jetée. L'eau noire de la crique brillait sombrement. La presqu'île et les bâtiments du *Repaire* se profilaient à une dizaine de mètres, de l'autre côté de l'eau.

Peter comprit bientôt qu'il n'y avait pas d'autre moyen de traverser l'eau que de sauter dedans et de nager. Il soupira. Tâtonnant à la surface de la jetée, il trouva une longue corde qu'on utilisait pour amarrer les bateaux. Il l'attira à lui et constata que l'autre bout était attaché à un objet fixe. Avec un soupir plus profond que le premier et un frisson à l'idée de la fraîcheur de cette nuit de juin, Peter se mit à descendre le long du flanc de la jetée jusqu'au moment où il atteignit la surface de l'eau.

Alors il hésita un long moment, s'encouragea mentalement à plonger dans l'eau noire et glacée, et finit par se laisser choir.

Un instant plus tard, il était debout sur le fond, avec de l'eau jusqu'aux chevilles!

Rouge de honte, il vérifia qu'aucun spectateur n'avait vu son héroïque plongeon dans cinq centimètres d'eau. Puis, à gué, il gagna le territoire du *Repaire du Pirate Violet.*

Il prit le pas de course pour aller voir ce qui se passait du côté de la caravane où habitaient le capitaine Joy et son fils. Il n'y trouva aucun signe de vie.

Le Vautour noir, amarré à l'embarcadère, craquait dans la nuit. De ce côté aussi, tout était calme. Peter parcourut l'allée qui longeait le musée du pirate d'un côté et les boutiques de souvenirs et de rafraîchissements de l'autre.

Tous les volets étaient clos. Et il n'y avait pas trace de la camionnette du major.

Peter contourna le musée jusqu'à l'endroit où le gaillard d'avant du bateau formait un promontoire dans la nuit. Il se pencha sur son émetteur.

« Je suis à l'intérieur de la palissade. J'ai observé la caravane, les bâtiments, le bateau, et je n'ai rien vu ni entendu. Pas de camionnette. Je ne comprends pas ce que ça veut dire, mais ces messieurs ne sont pas là. »

Après une minute, la voix de Bob se fit entendre dans l'écouteur.

« Le chef te fait dire qu'ils n'ont pas pu se volatiliser. Continue à chercher. »

Peter grogna, mais il fit demi-tour et

gagna les chênes qui séparaient le territoire ouvert aux touristes de la tour de pierre et du hangar à bateaux réservés à Josué Evans. Aucun bruit, sauf une brise légère et le clapotis de l'eau contre la rive. Aucune lumière, sauf celle de la seule fenêtre éclairée de la tour : une fenêtre du rez-de-chaussée, tournée vers la palissade du *Repaire.*

Le détective adjoint chuchota :

« Il y a une lumière dans la tour d'Evans. Je vais aller y jeter un œil. »

Entre les chênes, Peter atteignit la palissade qu'il utilisa ensuite comme couvert jusqu'au moment où il fut près de la tour. Alors il s'allongea par terre et il rampa. A l'intérieur, Evans était seul. Assis dans un fauteuil, il lisait. Tandis que Peter l'observait, l'homme leva la tête comme pour écouter, et cela plusieurs fois. Peter s'inquiéta : faisait-il quelque bruit qu'il n'entendait pas lui-même ? Précipitamment, il battit en retraite. Son pied heurta un arrosoir qui roula dans la nuit, avec un grand bruit.

Peter s'aplatit par terre et ne bougea plus.

Brusquement, la porte de la tour s'ouvrit, et Josué Evans se profila dans la porte éclairée, son pistolet à la main. Solide et râblé, il scrutait la nuit. Peter se mit à trembler. Si Evans venait de son côté...

« Mmmmmmmiiiaaaou ! »

Un chat noir sembla jaillir de nulle part et vint se frotter contre la jambe d'Evans. L'homme se mit à rire et baissa son arme.

« Ah ! c'est toi, Black. L'âge ne me vaut rien : je deviens nerveux. Allez, rentre, petit coquin ! »

Evans prit son chat dans ses bras et retourna dans la tour. Peter avait encore des sueurs froides à l'idée de ce qui se serait passé si le chat n'avait pas fait son apparition. En hâte, le jeune détective rampa jusqu'à la palissade puis il courut jusqu'à la rangée de chênes. Il souffla dans son micro :

« Bob, dis à Babal que M. Evans passe ses soirées à lire : voilà pourquoi il y avait de la lumière dans la tour. Quant à Karnes et à Hubert, je ne les trouve nulle part. Ils se sont peut-être volatilisés, comme dit Babal. »

Camouflé dans son terrain vague, Hannibal n'y comprenait plus rien.

« Enfin, Bob, la camionnette doit bien être quelque part ! »

Hannibal regarda sa montre. Il était près de onze heures. Bob répondit, dans un murmure :

« Peter dit que les vieilles écuries ont des doubles portes par-derrière, assez grandes pour laisser passer une camionnette. Mais s'il essaie d'entrer et si les gars y sont, il risque de se faire prendre.

— Hors de question, répondit le chef. Nous ne devons pas nous faire voir tant que nous ne savons pas ce qui se manigance. Y a-t-il autre chose que Peter puisse faire ?»

Dans l'arrière-boutique, Santos ouvrait un sac en papier et offrait des beignets au capitaine et à Jeremy. Bob transmit la nouvelle idée de Peter.

« L'adjoint pense que ce qu'il a de mieux à faire, chef, c'est de se cacher près de la barrière et d'attendre le départ de la camionnette : comme ça, il verra d'où elle vient.

— C'est la meilleure solution, acquiesça Hannibal. Attends ! Je crois que la séance d'enregistrement se termine. Oui, il est précisément onze heures et les Joy se préparent à partir. »

A l'angle du musée, près de la barrière du *Repaire,* Peter était étendu à plat ventre. De sa cachette, il commandait l'allée qui conduisait au *Vautour noir.* Il n'entendait que le vent et la mer et les craquements du navire, métal contre bois.

Peter commença à s'assoupir. Pour se tenir éveillé, il se redressa, le menton dans les mains, et il battit rapidement des paupières. Soudain la camionnette apparut, tous phares éteints. Elle descendait l'allée, se dirigeant vers la barrière. Peter ne l'avait pas entendue démarrer et il n'avait pas vu comment elle s'était engagée dans l'allée. Il jeta un coup d'œil à sa montre : il était onze heures.

Il se fit aussi petit que possible dans l'obscurité, tandis que la camionnette s'arrêtait sans bruit devant la barrière de fil de fer barbelé. Hubert descendit lourdement et repoussa la barrière. La camionnette la franchit et s'arrêta pour l'attendre. A cet instant, les portières arrière s'ouvrirent. Hubert se précipita pour les refermer, mais comme le réverbère au-dessus de l'entrée du *Repaire* était allumé, Peter put voir ce qui se trouvait dans la caisse du véhicule : des rangées entières de sacs pleins à craquer.

La voix du major Karnes, qui conduisait, se fit entendre :

« Imbécile ! Idiot ! Andouille ! Tu n'avais pas verrouillé les portières ! Dépêche-toi de le faire et de remonter. »

Le géant obéit aussi vite qu'il put. Cependant, avant de reprendre son siège, il fixa son regard sur l'endroit précis où Peter était caché. Le garçon ne respira plus.

« Monte donc, niquedouille ! » hurla Karnes.

Se grattant la tête, le géant grimpa dans la camionnette. Les phares s'allumèrent et le véhicule s'éloigna. Peter s'adressa à son walkie-talkie :

« Karnes et Hubert viennent de partir. Hubert m'a peut-être vu. Je ne sais pas d'où ils venaient ni où ils sont allés, mais j'ai vu l'intérieur de la camionnette : elle est pleine de sacs et ces sacs sont pleins de je ne sais pas quoi.»

Toujours embusqué dans ses buissons rue de La Vina, Hannibal avait vu les Joy quitter l'arrière-boutique et avait entendu leur véhicule démarrer. Aussitôt qu'ils furent partis, Santos referma la fenêtre et remit le climatiseur en marche. Puis il rembobina les bandes du capitaine et en remit une sur le magnétophone pour l'utiliser à nouveau. La preuve était faite : les enregistrements ne servaient à rien.

Quand Bob eut transmis le renseignement concernant la camionnette et les sacs, le détective en chef s'émut.

«Pleins, les sacs? Pleins de quoi? De ce que Karnes veut se procurer, sans doute! Peter peut-il s'approcher des sacs? Regarder ce qu'il y a dedans?

— Mais non, Babal. La camionnette est déjà loin. Peter dit que Carl est toujours en position, à observer. Il va donc devoir partir comme il est venu et il nous rejoindra ensuite au P.C.

— D'accord, dit Hannibal, se mordant la lèvre. Arrive ici, Bob, aussi vite que tu peux. Je suis toujours rue de La Vina.»

Moins d'un quart d'heure plus tard, Hannibal entendit un véhicule pénétrer dans le patio. Puis le major Karnes entra dans l'arrière-boutique, suivi d'Hubert, l'air toujours aussi empoté. Le major et Santos échangèrent quelques réflexions, pendant qu'Hubert, son regard inexpressif fixé sur la nuit de juin, finissait le sac de beignets. Hannibal demeurait accroupi derrière son buisson. Puis Santos fit signe à Hubert et sortit, suivi du pachyderme, qui n'avait pas l'air enthousiaste. Pour Hannibal la chose était claire : Santos et Hubert allaient prendre la relève du marchand de glace et de Carl.

Derrière Hannibal, soudain, un craquement. Précipitamment, il se retourna vers le mur d'où le bruit semblait provenir.

Dans la nuit, une main blanche apparut en haut du mur, puis une autre. Comment se défendre ? Hannibal chercha et trouva un grand bâton.

Une tête se montra au-dessus du mur, Hannibal vit des cheveux, des lunettes... Des lunettes ?

« Me voici, chef ! souffla Bob en se laissant tomber sans bruit près de son ami, qui ne cacha pas son soulagement.

— Jamais été aussi content de te voir, Bob. Prends ma place ici. Je vais aller faire une petite visite à ces sacs et aussi récupérer notre appareil de surveillance. Si Karnes fait mine de partir, préviens-moi. »

Dans le silence de la nuit, Hannibal rampa jusqu'au patio. Cependant Bob voyait le major Karnes se lever et marcher de long en large, comme pour mieux réfléchir. Fréquemment, le petit homme frappait le haut de ses bottes de sa cravache. La voix d'Hannibal retentit doucement dans le walkie-talkie de Bob.

« Tout va bien. J'ai récupéré l'appareil et j'ai vérifié le contenu des dix sacs. Retour au P.C.

— Hannibal ! fit Bob à haute voix, ou presque. Qu'est-ce qu'il y a dans les sacs ? »

Mais Hannibal ne l'écoutait plus. Il était sorti par le portail et avait retrouvé sa bicyclette dans la rue. Bob courut après lui et ils pédalèrent de conserve jusqu'au *Paradis de la Brocante,* où Peter les rejoignit bientôt.

Une fois dans la caravane, Hannibal exhiba l'appareil de surveillance, qui avait heurté un obstacle sur la route et avait été rendu inutilisable.

« Et nous n'avons plus d'argent pour en acheter un autre, soupira Bob.

— Il s'agit bien d'appareils ! s'écria Peter avec impatience. Moi, je veux savoir ce qu'il y a dans les sacs. Eh bien, Babal ?

— De la terre, dit Babal.

— De la terre ? répétèrent Peter et Bob d'une seule voix.

— De la terre et des cailloux, confirma Hannibal. Dix sacs pleins de terre sèche et de cailloux, voilà ce que Karnes a rapporté du *Repaire du Pirate Violet.*

— Mais pour quoi faire? questionna Peter.

— Pour que personne ne sache qu'il est en train de procéder à des fouilles. Il veut supprimer toute preuve de ses agissements. »

Hannibal parlait d'un ton solennel.

« Néanmoins, demain nous retournerons au *Repaire* et nous prouverons au capitaine Joy que Karnes est en train de le mener en bateau — et pas en bateau pirate! Puis nous découvrirons le lieu des fouilles. Le lieu et l'objectif! »

Chapitre 13

A la recherche des fouilles

Lorsque Bob arriva au P.C. le lendemain matin, Hannibal était en train de raccrocher le téléphone.

« Peter ne peut pas venir. Son père lui a dit de se prendre par la main et d'aller tailler les buissons du voisin. Nous allons devoir procéder sans lui. Il nous retrouvera au *Repaire* dès qu'il pourra.

— Il doit être vexé comme un pou, dit Bob en souriant.

— Il n'avait pas l'air trop ravi, admit Hannibal. Je ne suis pas ravi non plus. Cela fait une personne de moins pour rechercher les fouilles de Karnes, et je prévois que ce ne sera pas facile. Nous devrons peut-être nous séparer en cours de reconnaissance. Prenons les trois walkies-talkies. »

Bob rangea les trois appareils dans sa musette, et les deux jeunes détectives, poussant leurs bicyclettes, sortirent par la Barrière Verte numéro un. Une fois dans la rue, ils enfourchèrent leurs montures, et, roulant prudemment dans la brume matinale, ils se dirigèrent vers *Le Repaire du Pirate Violet.* Au-dessus de la Crique aux Pirates, la brume était encore plus épaisse. Il n'y avait personne à l'horizon.

«J'ai téléphoné à Jeremy, précisa Hannibal. Il va préparer son père à notre visite.»

Comme ils atteignaient la barrière du *Repaire* — elle était ouverte —, Bob dit à mi-voix :

«Le break du faux marchand de glace est garé là-bas, sur la route, et j'ai l'impression qu'Hubert essaye de se cacher entre les arbres.»

Hannibal regarda dans la direction qu'indiquait Bob et sourit.

«Tu as raison. Hubert est aussi bien caché qu'une baleine dans une baignoire. Il se montre tout le temps pour vérifier que personne ne peut le voir!»

Parvenus au *Repaire*, les garçons contournèrent la boutique aux rafraîchissements pour gagner la caravane. La porte s'ouvrit avant qu'ils n'eussent sonné.

«Entrez, les gars, dit Jeremy surexcité.

J'ai dit à mon père que vous aviez résolu l'énigme. »

Le capitaine était en train de prendre son petit déjeuner. Il proposa du café ; les garçons refusèrent poliment.

« Je vous avais dit de laisser le major Karnes tranquille, fit-il en les regardant par-dessus sa tasse.

— Exact, reconnut Hannibal. Le major Karnes est parfaitement tranquille. Il ne soupçonne pas que nous enquêtons sur ses activités.

— Je l'espère, dit le capitaine. Cela posé, si vous avez résolu l'énigme, racontez-moi ce que vous avez trouvé.

— Jeremy est un peu trop optimiste, monsieur, répondit Hannibal. Nous n'avons pas résolu l'énigme, mais nous pouvons prouver qu'il y en a bien une. »

Et le détective en chef raconta toutes les découvertes que son équipe avait faites la veille. Quand il eut terminé, le capitaine se versa encore une tasse de café et se mit à la siroter, l'air perplexe.

« Votre théorie est que la Société de Protection des Boucaniers, Brigands et Bandits n'a qu'un but : nous empêcher, Jeremy et moi, d'être là, pendant que Karnes fait ses fouilles.

— C'est exactement ça, ma théorie, reconnut Hannibal.

— Mais de quoi s'agit-il? Et pourquoi toute cette surveillance?

— Je ne me l'explique pas encore, mais voici ce que je pense. Le Pirate Violet doit avoir caché une part de son butin dans le coin, et le major Karnes est au courant. Il possède peut-être même une carte de l'emplacement. »

Hannibal parla au capitaine du document que Karnes étudiait et mesurait, et il insista sur le fait que la bande creusait déjà depuis trois jours.

Le capitaine ne sembla pas convaincu.

« Personne n'a jamais prétendu depuis cent ans qu'il puisse y avoir un trésor caché dans la Crique aux Pirates. Après la mort de William Evans, la population locale s'est mise à creuser de tout côté, mais on n'a rien trouvé, et personne n'a jamais reparlé d'un trésor dans la région.

— Ce n'est peut-être pas un trésor, admit Hannibal. Mais enfin, monsieur, Karnes et sa clique sont bien à la recherche de quelque chose! Je propose que nous essayions de trouver l'endroit des fouilles.

— Après trois jours, il doit y avoir un trou grand comme ça! s'écria Jeremy.

— Dans ce cas, nous le trouverons facilement, dit le capitaine.

— Je n'en suis pas si sûr, répliqua Hannibal avec hésitation. S'ils enlèvent la terre pour cacher leurs fouilles, c'est que le trou n'est pas dans un endroit où tout le monde peut le voir ou même tomber dessus par hasard.

— Je vais prendre Jeremy avec moi, proposa Bob, et toi, Babal, tu pourrais accompagner le capitaine. Ils connaissent le terrain tous les deux. »

Hannibal était d'accord.

« Pour commencer, vous allez examiner le terrain entre la boutique aux rafraîchissements et la crique, et nous, nous allons inspecter l'intérieur des bâtiments. »

On décida de se retrouver au *Vautour noir*.

Comme Hannibal et le capitaine se dirigeaient vers leur terrain de chasse, la brume matinale se déroula derrière eux.

« Originellement, ce bâtiment-ci et le musée contenaient des écuries, expliqua le capitaine. C'était l'époque où une grande maison se dressait là-haut, dans les arbres, et où la route de la crique n'avait pas encore été construite. Les deux bâtiments ont des doubles portes correspondant à chaque stalle. Une camionnette entrerait facilement. »

Il déverrouilla la première double porte. A l'intérieur, des cartons de boissons et de nourriture s'empilaient jusqu'au plafond. Une camionnette aurait pu être dissimulée là, mais on ne voyait ni traces de pneus ni signes de terrassement sur le sol en terre battue. Il en fut de même des deux autres parties du bâtiment, et les quatre chercheurs se retrouvèrent bientôt près du *Vautour noir*.

« Rien de notre côté, dit Bob. Nous avons examiné chaque centimètre carré de sol entre le bâtiment et la mer. »

La camionnette aurait-elle pu être cachée à bord du *Vautour noir*? Non : elle ne pouvait gravir l'échelle de coupée! Le capitaine Joy consulta sa montre.

« Il est temps de se mettre au travail, dit-il. Je ne sais pas où est passé Sam la Galère. Il va donc falloir qu'Anna s'occupe de vendre les billets. S'il y a beaucoup de monde, je vous embaucherai peut-être pour jouer des rôles. »

Les yeux d'Hannibal brillèrent.

« Il se trouve, monsieur, que, comme acteur, je ne manque pas d'expérience. Il est même possible que je devienne acteur et non pas détective, quand je serai grand.

— En attendant d'aller voir tes films, ironisa Bob, essayons de percer le mystère Karnes. Pouvez-vous nous prêter les clefs du musée, monsieur ? »

Le capitaine ne se fit pas prier pour remettre les clefs du musée aux garçons, et il partit avec Jeremy pour commencer le premier spectacle de la journée. Quand les Joy se furent éloignés, Bob et Hannibal traversèrent l'allée et déverrouillèrent la première double porte du musée. Sur le devant, les cloisons avaient été démolies, pour que le musée ne fût constitué que d'une seule salle, mais derrière on trouvait encore trois salles séparées.

« Cherchons des traces de pneus ou de la terre remuée », commanda Hannibal.

Dans la première pièce, ils ne trouvèrent rien : pas de marques de pneus, pas de mottes de terre, pas de trou dans le sol. La deuxième pièce, aussi obscure que la première, ne révéla rien de plus. Ils étaient sur le point d'en sortir quand Bob, inquiet, leva la main.

Dehors, dans le brouillard, quelqu'un approchait.

Il marchait à pas de loup et il se dirigeait droit vers le musée.

Chapitre 14

Le Pirate Violet redevient violent

« Vite ! souffla Hannibal. Derrière la porte ! »

Mais ils n'eurent pas le temps de se cacher. Une ombre bondit par la porte et s'abattit sur Hannibal. Le gros garçon et l'ombre qui l'attaquait roulèrent par terre. Ce ne fut plus qu'un mélange de bras et de jambes agités en tout sens. Bob sauta sur le dos de l'assaillant et disparut à son tour dans la mêlée.

« J'ai la jambe ! cria Bob.

— J'ai les cheveux ! haleta Hannibal.

— J'ai le cou ! » gronda Peter.

Tous les trois cessèrent de gigoter.

« C'est Peter ? s'enquit Bob.

— C'est le détective adjoint ? interrogea Hannibal.

— Mais oui, soupira Peter. C'est moi. Je venais d'arriver au *Repaire.* J'ai entendu quelqu'un dans le musée et je suis venu voir ce qui se passait. Tu veux lâcher mes cheveux, s'il te plaît, Babal ?»

Hannibal se releva, tout honteux.

« Nous avions entendu quelqu'un arriver furtivement, expliqua Bob.

— Bob, répliqua Peter, si tu lâches ma jambe, je te promets de ne plus t'étrangler.

— Nous avons tous commis une légère erreur, conclut Hannibal. Ni le capitaine ni Jeremy ne t'ont dit que nous étions ici, Peter ?

— Non, parce que je ne les ai pas vus. Quelles sont les nouvelles ? Vous avez trouvé les fouilles du père Karnes ?»

Hannibal secoua la tête.

« Il nous reste une pièce à visiter dans ce bâtiment. »

Les garçons déverrouillèrent la troisième porte. Le résultat fut le même. Aucun signe d'excavation.

Dehors, les Trois jeunes détectives se déployèrent en éventail entre le musée et la rangée de chênes qui séparaient le *Repaire* de la tour de Josué Evans. Quelques clients se dirigeaient vers *Le Vautour noir.* Le capitaine, debout derrière le comptoir, vendait lui-même ses rafraîchissements. Les trois garçons fouillèrent chaque mètre carré de terrain depuis la crique jusqu'aux chênes.

« Personne n'a creusé ici, dit Bob.

— A cela près que Karnes et Hubert ont creusé ici, objecta Peter.

— Les deux choses ne peuvent pas être vraies en même temps, déclara Hannibal.

— A moins, dit Peter, que Karnes ne soit revenu ici dans la nuit et qu'il n'ait bouché son trou.

— Nous n'avons pas trouvé de terre fraîchement remuée, répliqua Hannibal. Non! Nous avons cherché partout et, je ne sais pas comment, nous avons dû manquer...

— Pas partout, intervint Bob. Il nous reste la tour et le hangar à bateaux, au-delà des arbres. »

Par une trouée entre les vieux chênes tout tordus, les garçons voyaient la tour de pierre et le vieux hangar qui menaçait ruine. La trouée était assez large pour laisser passer une camionnette.

« A cela près, objecta Peter, qu'on ne peut creuser ni dans de la pierre ni dans de l'eau.

— Exact, mais à supposer que l'embarcadère soit assez large, on peut cacher une camionnette dans un hangar à bateaux, répliqua Hannibal. Bob a raison : il faut aller voir.

— Un instant, dit Bob. Je n'ai pas dit qu'il fallait y aller voir. Hier ce M. Evans était drôlement furieux contre moi quand il m'a trouvé sur sa propriété. Il vaudrait peut-être mieux attendre le capitaine Joy.

— Pas mal raisonné, commenta Hannibal.

— Le père Evans n'est pas dans sa tour, remarqua Peter. En arrivant, je l'ai vu partir en voiture.

— Alors allons-y», décida Hannibal.

Tout en traversant la rangée de chênes, ils virent que le capitaine était maintenant à bord et qu'il parlait à des touristes en consultant sa montre. A l'entrée, Anna vendait toujours des billets. Les garçons essayèrent d'abord le hangar à bateaux. Du côté terre, il était pourvu d'une double porte qui n'était pas fermée à clef. A l'intérieur, il y avait assez de place pour garer une camionnette, mais les garçons ne trouvèrent ni traces de pneus ni tache d'huile. Un embarcadère s'avançait dans l'eau noire avec, de chaque côté, une place pour un bateau. Mais pas de bateau. A l'autre extrémité, une porte assez large pour laisser passer de petites embarcations atteignait presque le niveau de l'eau. Un grenier à voiles placé au-dessus de l'embarcadère contenait des voiles, des mâts, des cordages. Sous l'embarcadère, l'eau clapotait contre les planches. Et il n'y avait toujours aucune trace de fouille.

«Peter, commanda Hannibal, va te poster dans les chênes et fais le guet. Voilà ton walkie-talkie et la musette. Si tu vois Josué Evans, tu nous préviens. Nous restons en écoute. »

Hannibal se dirigea vers la tour, sans oublier de regarder autour de lui. Le rez-de-chaussée comprenait deux portes et plusieurs fenêtres. Au premier et au second, il n'y avait qu'une fenêtre par étage. Le troisième était tout en vitres, comme un phare. Entre ces vitres, des pierres en saillie aboutissaient au toit en terrasse.

Hannibal essaya la porte principale. Elle s'ouvrit, donnant directement sur un petit salon, qui ressemblait à tous les salons du monde, à cela près qu'il avait la forme d'une part de gâteau, avec un mur arrondi. A droite, il y avait une chambre à coucher, qui avait l'air d'une deuxième part de gâteau, et à gauche une cuisine, de même apparence. Une porte de service donnait dans la cuisine; elle était verrouillée du dedans. Comme les autres pièces, la cuisine avait deux murs intérieurs. Le long de l'un d'entre eux, un escalier de bois conduisait à la cave. Dans l'autre était percée une porte donnant sur un puits situé au centre de la tour. Dans ce puits se trouvait une échelle permettant d'accéder à l'étage supérieur.

« Essayons la cave d'abord », décida Hannibal.

Bob et lui descendirent les vieilles

marches de bois. Il faisait noir comme dans un four. Hannibal chercha le commutateur.

Une ampoule suspendue au plafond répandit une lumière pâle mais suffisante pour que les garçons puissent voir qu'ils se trouvaient dans une pièce semi-circulaire, au plafond bas, avec un sol en terre battue et des murs de pierre apparente. Le sol semblait aussi dur que s'il avait été en béton, et la poussière sur les murs semblait dater d'un siècle.

« Personne n'a creusé ici, remarqua Bob.

— C'est mon impression », reconnut à regret Hannibal.

Une porte conduisait dans une deuxième cave servant de débarras ; elle était pleine de vieux meubles couverts de poussière eux aussi. Les garçons regardèrent sous les meubles, cherchant des traces de fouilles.

« Pas de chance, une fois de plus », conclut Bob.

Hannibal inclina la tête et soupira tristement.

A cet instant, un rugissement retentit derrière les garçons. Ils se retournèrent. Le Pirate Violet se dressait dans la cave, et son coutelas reflétait faiblement la lueur pâle de l'ampoule.

« C'est encore nous, monsieur Davis », dit Bob, quelque peu agacé.

Pourquoi Sam la Galère éprouvait-il le

besoin de pousser de nouveau ses cris terribles ?

Le Pirate Violet ne répondit pas. Ses yeux brillaient dans les fentes de son masque violet, au-dessus de sa grosse moustache noire.

Soudain, il brandit son coutelas et se précipita en avant. Bob plongea d'un côté, par-dessus un vieux bahut massif. Hannibal, d'un autre, entre deux lourds fauteuils. Le Pirate Violet trébucha sur le pied de Bob et alla s'étaler sur deux tables de chêne si bien polies qu'il glissa dessus jusqu'au mur du fond.

Hannibal et Bob ne demandèrent pas leur reste. Au grand galop, ils se précipitèrent dans la première cave et, de là, dans l'escalier qui menait à la cuisine. Soudain, la voix de Peter, qui semblait toute proche, résonna dans leurs walkies-talkies.

« Alerte ! Evans est de retour. Alerte, les gars ! »

La porte de derrière était à la fois verrouillée de l'intérieur et fermée à clef. Cependant, le Pirate Violet avait retrouvé son équilibre, et on l'entendait, à son tour, gravir l'escalier. Dehors, par-devant, c'était Josué Evans qui arrivait.

Où fuir ?

Chapitre 15

Pris au piège

Peter, caché par les chênes, voyait Josué Evans approcher dans la brume.

« Alerte, les gars ! Evans arrive ! Sortez ! »

Pas de réponse.

Josué Evans avançait toujours. Les deux détectives auraient-ils encore le temps de s'échapper sans être vus ?

« Babal ! Bob ! Alerte ! Filez !... »

Peter vit la porte de devant s'ouvrir. Bon. Ses amis allaient sortir. Mais non. Personne ne se montrait. Clignant des yeux, Peter vit que la porte s'ouvrait toute seule, comme si Bob et Hannibal ne l'avaient pas refermée à fond. Ah ! c'était le chat noir d'Evans. Il venait de repousser la porte et se dirigeait vers la crique. Quant aux détectives, ils restaient à l'intérieur.

Peter était désespéré :

« Bob ! Babal ! Evans est en train de...

— Evans est en train de quoi? Voyou!»

Peter leva les yeux. Furieux, Josué Evans le dévisageait.

«Vous voilà encore sur mon terrain quand je vous ai dit d'aller vous faire voir ailleurs! Mille diables! Qu'est-ce que vous me voulez? Et d'abord à qui parlez-vous avec cet engin?»

Peter avala sa salive.

«Nous... Nous cherchons les fouilles, monsieur. Je veux dire qu'ils cherchent le trésor et que nous cherchons ce qu'ils cherchent. Je ne sais pas si je me fais bien comprendre, mais le détective en chef pensait que le trésor était peut-être dans votre tour...»

Evans jeta un coup d'œil à la tour, dont la porte était restée ouverte.

«Des fouilles? Un trésor? Et d'abord, qui c'est, "ils"?

— Quels "ils", monsieur?

— Ils! Ceux qui cherchent! Ceux qui font les fouilles!

— Eh bien, c'est le major Karnes et sa bande : Hubert, Carl et Santos le chauve.»

Interloqué, Evans regardait toujours sa tour.

«Mais vous n'avez pas encore trouvé le lieu des fouilles?

— Non, reconnut Peter dépité. Nous avons regardé partout sauf dans...»

Un léger bruit provint du walkie-talkie :

un sifflement, presque inaudible. Peter approcha l'appareil de son oreille.

« Babal ? Bob ?

— Quelqu'un est dans la tour, Peter, et il nous poursuit, répondit Hannibal à voix très basse. Nous nous sommes évadés de la cave, mais nous ne pouvions pas sortir sans qu'Evans nous voie, et la porte de derrière est fermée à clef, si bien que nous avons été obligés de monter. Nous sommes au premier. Il n'y a rien là que de vieilles caisses... »

Il y eut un silence, puis la voix reprit :

« Je l'entends qui monte. Nous allons filer à l'étage suivant. »

Et ce fut le silence.

Au premier étage de la tour, Hannibal et Bob avaient entendu les pas lents et lourds du Pirate Violet qui escaladait l'échelle en respirant avec difficulté.

« Vite », dit Hannibal.

L'unique petite fenêtre projetait assez de lumière pour que les garçons pussent trouver la deuxième échelle qui, à l'autre bout de la pièce, conduisait au second étage. Ils grimpèrent aussi vite qu'ils purent. Hannibal était déjà un peu essoufflé. Le deuxième étage comprenait une seule pièce dans laquelle de vieilles barriques et des caisses de bois semblaient avoir accumulé la poussière d'un siècle. Hannibal et Bob s'assirent sur deux caisses. A l'étage inférieur, le Pirate Violet menait grand vacarme.

«Qui est cet homme, Babal? demanda Bob. Je veux dire : si ce n'est pas Sam la Galère.

— Et si c'est Sam la Galère, pourquoi nous a-t-il attaqués?» compléta Hannibal.

Le vacarme continuait.

«Bob, dit soudain Hannibal. J'ai l'impression que le Pirate Violet ne pense pas à nous poursuivre. Il est simplement en train de perquisitionner.

— Dans la cave, il nous a poursuivis.

— C'est vrai, mais on dirait qu'il ne le fait plus. Il agit comme s'il ne savait même pas que nous sommes ici. Il se figure peut-être que nous nous sommes échappés par la porte.

— C'est peut-être le major Karnes lui-même», supposa Bob.

Hannibal secoua la tête.

«Il est beaucoup plus grand que le major, et beaucoup plus petit qu'Hubert. Carl ou Santos, peut-être... Au moins, nous savons que ce n'est pas Josué Evans puisqu'il est toujours dehors...

— Tais-toi, Babal; j'entends le Pirate Violet qui monte.»

Il fallait fuir de nouveau. L'échelle qui conduisait au troisième étage se terminait par une trappe. Les garçons la repoussèrent et, de la pénombre, passèrent en pleine lumière. Le dernier étage de la tour en était le plus petit, mais il avait des vitres de tous les côtés. Refermant la trappe, les garçons coururent aux fenêtres. Ils pouvaient voir la crique, *Le Vautour noir* qui n'avait pas encore appareillé pour sa première croisière de la journée, l'océan, et le soleil dissipant la brume.

«Et s'il vient ici, qu'est-ce qu'on fait, Babal?» demanda Bob.

Le sol paraissait bien loin, et il n'y avait aucun moyen de descendre le long de la tour. La pièce, brillamment éclairée, ne contenait pas un seul meuble, pas une seule cachette. En bas, il y avait la trappe. En haut, il y avait le toit : c'était tout.

«Je ne sais pas trop, fit Hannibal d'une voix mal assurée. Mais il faut que nous trouvions quelque chose, car il a le pied sur l'échelle.

— Et il continue à monter!» bredouilla Bob.

Entre les chênes, Peter et Josué Evans, les yeux fixés sur la tour, attendaient que le walkie-talkie donnât encore de la voix.

«Nous pourrions aller voir ce qu'ils font, suggéra Peter.

— Comment t'appelles-tu, mon gars? demanda Evans à mi-voix.

— Peter, répondit le détective adjoint. Peter Crentch.

— Peter, nous ne savons pas qui est là-bas avec eux, ni combien sont ceux qui les menacent. Ces gens-là se trouvent entre vos amis et nous. Nous pourrions leur faire courir plus de risques qu'ils n'en courent déjà.

— Je... je suppose que vous avez raison. Mais si... »

Soudain Evans désigna le haut de la tour :

« Regarde ! »

Peter regarda et vit Bob et Hannibal passer la tête par une des fenêtres du dernier étage. Il voulut courir à eux, leur faire des signes, mais Evans le retint, et les garçons ne le virent pas.

« Prends garde, Peter, dit Evans. Il ne faut pas attirer l'attention de l'ennemi sur tes copains. »

Avalant sa salive, Peter fit signe qu'il comprenait. De toute manière, Hannibal et Bob n'étaient plus visibles. Evans saisit le bras de Peter et lui montra de nouveau le haut de l'édifice. Par la fenêtre qui faisait le tour du dernier étage, on apercevait clairement le Pirate Violet, avec sa moustache noire et son masque violet, son panache violet, sa cape violette à la frange dorée.

« Est-ce qu'ils peuvent se cacher là-haut ? » demanda Peter.

Josué Evans fit non de la tête.

« Non, Peter. Il n'y a pas un placard, pas une armoire, rien. Ils sont pris au piège. »

Chapitre 16

L'enquête progresse

Peter et M. Evans regardaient la tour d'où ne provenait aucun bruit. Le Pirate Violet avait disparu. Les vitres reflétaient le soleil de midi. M. Evans soupira.

« Il doit les avoir capturés, Peter.

— Mais alors il faut courir à leur secours !

— Pas si vite, mon gars. Nous pourrions rendre leur situation plus tragique en agissant précipitamment. Je pense que si nous...

— Peter ? Il est parti ? fit la voix désincarnée du walkie-talkie. Et d'abord est-ce que tu l'as vu ?

— Babal ! Où es-tu ?

— Au sommet de la tour. Regarde et tu nous verras. »

Evans et Peter regardèrent de tous leurs yeux, mais ils ne virent rien à travers les vitres de l'étage supérieur.

« Nous ne voyons rien, Babal.

— Regarde plus haut, fit Hannibal en ricanant de plaisir. Plus haut que le haut ! »

Alors Peter découvrit deux visages hilares au-dessus du parapet qui courait autour du toit de la tour. Hannibal et Bob s'étaient arrangés pour passer par la fenêtre et pour se hisser là-haut, à quatre étages au-dessus du sol.

« Comment avez-vous fait pour monter ? demanda Peter.

— Demande plutôt comment nous allons faire pour descendre », corrigea Hannibal d'un ton lamentable.

Bob intervint.

« Peter, tout à l'heure tu as dit "nous". Qui est là-bas avec toi ?

— M. Evans, et il a l'air très gentil », répondit Peter.

Ce fut au tour de Josué Evans de prendre le walkie-talkie.

« Peter m'a expliqué ce que vous faisiez, et j'ai bien l'intention de vous aider à découvrir ce qui se passe chez moi. Vous pensez que le Pirate Violet a quitté la tour ?

— Nous l'avons entendu redescendre au deuxième étage, répondit Bob. Plus loin, nous ne sommes pas sûrs.

— Bien, dit Evans. Nous allons vérifier. Restez où vous êtes. »

Prudemment Evans et Peter avancèrent vers la porte principale. Aucun bruit dans la tour. La porte de la cuisine était toujours verrouillée de l'intérieur, ils s'en assurèrent. Si le pirate était sorti par-devant, ils l'auraient vu. Mystifiés, ils inspectèrent la cave mal éclairée et puis le premier et le deuxième étage. Qui qu'il fût, le Pirate Violet et Violent avait disparu. Evans et Peter atteignirent enfin l'étage supérieur. Bob vint à leur rencontre en rentrant par une fenêtre.

« Où est Babal ? demanda Peter.

— Il est toujours sur le toit, répondit Bob en riant. Il dit qu'il ne peut pas descendre tout seul, et je n'ai pas l'intention de le porter dans mes bras.

— Comment avez-vous fait pour grimper jusque là-haut ? s'étonna Evans.

— Je vais vous montrer », répondit Bob.

Il se pencha par la fenêtre par laquelle il était entré ; Evans et Peter se penchèrent aussi. Ils virent une série de pierres en saillie formant prise et permettant de grimper de la fenêtre au toit.

« C'est votre ancêtre, je suppose, qui a installé ce système pour monter là-haut, dit Bob.

— Tu veux dire que le gros Babal s'est hissé jusqu'au toit en s'aidant de ces saillants ? »

Peter n'en croyait pas ses oreilles.

Bob sourit :

« Le Pirate Violet était après nous. C'était la seule solution. Quand on est terrorisé, on est capable de ces choses!... Mais pour le moment personne n'est à la poursuite de Babal et il prétend qu'il ne peut pas descendre.

— Exactement comme mon chat Black, remarqua M. Evans. Il grimpe dans les arbres, mais il faut faire venir les pompiers pour le ravoir.

— Eh bien, on n'a qu'à appeler les pompiers pour ravoir Babal, proposa Peter en gloussant.

— Je pense qu'une grosse corde suffirait, répliqua Bob. Auriez-vous une grosse corde dans la tour, monsieur?

— Sûrement. Je vais vous en trouver une.»

Evans revint avec une corde. Bob et Peter grimpèrent sur le toit. Hannibal se tenait là, en plein soleil. Il semblait observer *Le Vautour noir* qui voguait d'île en île : sa première croisière de la journée avait été considérablement retardée. Résultat : il y avait davantage de touristes pour admirer les attaques de pirates mimées par Jeremy et Sam Davis.

«Question, dit Hannibal. Une personne chaussée de bottes fait-elle du bruit en descendant un escalier de bois?

— Je suppose que oui, dit Peter.

— Pas mal de bruit même, renchérit Bob en déroulant sa corde.

— D'accord. Et toi, Peter, tu n'as vu

personne entrer ou sortir par la porte principale ?

— Si : le chat, qui est sorti juste après l'arrivée de M. Evans. Vous n'avez pas dû fermer la porte complètement.

— Ce qui explique pourquoi le Pirate Violet a cru que nous nous étions échappés par-là, dit Hannibal.

— Nous avons donc eu de la chance que le chat se soit trouvé dans la tour, fit Bob.

— La chance, déclara Hannibal d'un ton sentencieux, consiste à prévoir les événements de manière à pouvoir en tirer profit. Mais enfin, reconnut-il plus modestement, cela se fait quelquefois par hasard et alors on est drôlement content.

— Assez philosophé, dit Peter. Tu es prêt à descendre, chef ?

— Descendre ? se récria Hannibal. Sûrement pas par cet escalier fait pour les mouches et les fourmis. Je préférerais m'installer ici à demeure. Demandez donc à ma tante Mathilde et à mon oncle Titus de me faire apporter de la nourriture et mon lit.

— Une autre solution serait l'hélicoptère, répondit Bob, mais je crois qu'une bonne corde fera l'affaire.

— Une corde ?! Tu me prends pour Tarzan, toi aussi ?

— Mais non. Nous l'attacherons autour de ta taille — elle est assez longue —, et nous la tiendrons solidement pendant que tu descendras. »

Hannibal considéra la corde puis la hauteur de la tour. Il frissonna.

« Bon, dit-il. Je suppose que ce sera plus agréable que de dormir ici quand il pleut. Attachez-la, votre ficelle ! »

Peter et Bob lui passèrent la corde autour du corps, firent un bon nœud, et maintinrent solidement l'autre bout, leurs pieds calés contre le petit parapet qui courait autour du toit. Hannibal, leur faisant face, s'agenouilla sur le parapet, aspira beaucoup d'air, et, prudemment, allongea une jambe puis l'autre. Posant ses pieds puis ses mains sur les pierres saillantes, il descendit à tâtons. A la hauteur du dernier étage, Josué Evans le recueillit et l'aida à passer par la fenêtre. Bob et Peter descendirent plus légèrement et tout le monde se retrouva bientôt au rez-de-chaussée.

« Tu penses, Babal, que le Pirate Violet voulait simplement nous faire peur pour que nous sortions de la tour ? demanda Bob.

— J'en suis persuadé, répondit le détective en chef.

— Et vous avez une idée de qui c'était, ce Pirate Violet-là ? questionna Evans.

— Monsieur, j'aurais bien pensé que c'était vous — car Karnes est trop mince et Hubert trop gros —, mais vous étiez dehors avec Peter.

— Encore une chance ! fit Evans en riant.

— En d'autres termes, vous avez un alibi, reprit Hannibal d'un ton sérieux. A part cela, n'importe quel homme de taille moyenne aurait pu se faire passer pour le Pirate Violet.

— Mais pourquoi se serait-il donné la peine de vous chasser de la tour ?

— Pour y chercher une chose qui, d'après lui, y serait cachée.

— Cachée ? Tu veux dire enterrée, corrigea Bob. Nous savons bien que Karnes et sa bande font des fouilles pour retrouver un trésor enterré quelque part.

— Non, je suis persuadé du contraire. La chose qu'ils cherchent n'est pas enterrée : elle est simplement cachée.

— Mais alors, protesta Peter, pourquoi s'amuseraient-ils à creuser ?

— Je pense, dit Hannibal, que si nous retournons dans la cave, je pourrai vous montrer exactement où se trouvent les fouilles du major Karnes, et vous expliquer pourquoi il s'adonne à ce passe-temps. »

Chapitre 17

Une découverte étonnante

Les pas des visiteurs résonnèrent sur l'escalier de bois qui menait dans la petite cave mal éclairée.

« Bob, fit Hannibal, te rappelles-tu l'instant où nous avons entendu le Pirate Violet dans cet endroit ?

— Je me le rappelle très précisément, Babal. Nous étions là-bas, dans la pièce qui sert de débarras. Il a poussé son rugissement, nous nous sommes retournés et nous l'avons vu.

— Exactement. La première indication que nous ayons eue de sa présence a été ce rugissement. Or, il y a une minute, nous avons fait un boucan de tous les diables en descendant cet escalier. Et nous, nous n'avons pas de bottes ! Pourquoi n'avons-nous pas entendu descendre le Pirate Violet ?

— Il marchait peut-être sur la pointe des pieds, dit Bob.

— Cela ne lui aurait pas servi à grand-chose avec ces vieilles marches qui craquent à chaque pas. Cependant, j'ai une autre question. Peter, pourquoi ne nous as-tu pas prévenus quand le Pirate Violet est entré dans la tour ?

— Parce que je ne l'ai pas vu entrer, tiens !

— Très juste, fit Hannibal de son ton doctoral. Tu n'as vu personne entrer ; Bob et moi nous n'avons entendu personne descendre ; et la porte de la cuisine était verrouillée de l'intérieur : j'ai vérifié.

— Et alors ? demanda Peter. Qu'est-ce que ça prouve ?

— Ça prouve, dit Hannibal, et il s'arrêta de parler pour obtenir tout son effet... ça prouve que le Pirate Violet qui nous a attaqués n'est pas parvenu à la cave en prenant l'escalier et n'est pas entré dans la tour en passant par la porte.

— Mais il n'y a pas d'autre moyen d'entrer dans la tour et de parvenir à la cave, objecta Bob.

— Soyons logiques, dit Hannibal. Il doit y en avoir un. Il doit y avoir un moyen d'atteindre la cave située dans la tour, de l'atteindre directement, de l'extérieur.

C'est pour s'assurer de ce moyen que les gens de Karnes...

— Ils ont creusé un tunnel, c'est ça? s'écria Bob.

— Creusé? Je ne crois pas, dit Hannibal. Plutôt remis en état. Vous vous rappelez que le Pirate Violet disparaissait toujours de la tour quand elle était assiégée? Je veux dire : le Pirate Violet de l'ancien temps. Je ne vois qu'une explication : un souterrain. Quelque part dans cette cave il doit y avoir un souterrain conduisant au-dehors.

— Hannibal a raison, les garçons, dit Josué Evans. Je sais qu'il a existé un souterrain qui permettait de quitter cette cave. Mais on m'a dit que, par suite d'éboulis, on ne pouvait plus y passer. Et, de toute manière, je n'ai pas la moindre idée où se trouve l'entrée.

— Il n'y a plus qu'à la chercher», conclut Peter.

Aussitôt les Trois jeunes détectives et M. Evans — qui n'était pas le moins ému — commencèrent à examiner les vieux murs. Ils cognaient dessus avec des tuyaux et des planches qu'ils avaient trouvés dans le débarras et ils cherchaient des pierres non scellées ou des emplacements de gonds.

«Il pourrait y avoir des traces de pas par terre», remarqua Hannibal.

Mais l'argile sèche qui formait le sol de la

cave était bien trop dure pour révéler la moindre trace.

« Et ici ? » fit Evans.

Il frappa à nouveau des pierres, placées juste en face de l'escalier. Elles rendirent un son creux. Il semblait y avoir derrière elles un espace vide, favorable à l'écho. Les garçons se rassemblèrent autour du maître des lieux. Mais, malgré tous leurs efforts, ils ne trouvèrent pas trace de porte ou de pierre descellée. Hannibal plissait les paupières pour mieux y voir dans la pénombre.

« Puisqu'il s'agit d'une issue secrète, dit-il, la porte doit être bien cachée. Mais elle doit s'ouvrir de ce côté, et s'ouvrir vite. Quand le Pirate Violet avait besoin de sortir par ici, il avait besoin de sortir en vitesse. Il descendait l'escalier, et il ouvrait sa porte de secours rapidement. Voyons l'escalier. »

Ils examinèrent chaque marche de bois et le mur de pierre qui longeait l'escalier. A mi-hauteur, sous une marche, Peter trouva un petit anneau de fer. L'anneau permettait de tirer une pierre du mur. Dans l'espace derrière la pierre se trouvait un levier bien huilé. Peter pesa dessus. Aussitôt la partie du mur située en face de l'escalier pivota.

« Ça alors ! s'écria M. Evans. Je suis né ici, et je ne savais même pas que j'avais une porte secrète dans ma propre cave ! »

Prenant une torche dans le débarras, M. Evans s'engagea le premier dans le souterrain, qui était à peine assez large et assez haut pour laisser passer un homme de la taille de Peter. A l'entrée du tunnel, sur le mur, il y avait un autre levier.

« Probablement pour ouvrir et fermer la porte quand on est dans le souterrain », commenta Hannibal.

Le tunnel avait un sol en terre battue, des murs de pierre et il courait sous une voûte de pierre. Certaines de ces pierres étaient tombées. Au bout de vingt mètres, on ne passait plus : le souterrain était bouché par les éboulis.

« Mon père me disait bien qu'on ne passait plus parce que ce machin s'était écroulé avant ma naissance, dit Evans. Après tout, il y a eu des tremblements de terre, dans le coin. »

On ne passait plus? Erreur! On passait toujours. A travers les éboulis, une nouvelle ouverture avait été pratiquée et un homme de bonne taille aurait pu se glisser par là en rampant. C'est ce que firent Evans et les jeunes détectives, un par un. Ayant franchi le passage difficile, ils retrouvèrent un tunnel, jonché de pierres tombées, mais praticable, et quelque vingt mètres plus loin ils atteignirent une porte constituée de quatre grosses planches consolidées par des ferrures toutes rouillées. Deux verrous de cuivre maintenaient cette porte au milieu de son cadre de poutres encastrées dans la paroi.

Peter et Bob firent jouer les verrous. La porte s'abattit comme un pont-levis, et la torche de Josué Evans joua sur une surface d'eau toute noire. Plus loin, on eût dit que le tunnel se poursuivait, mais ses murs et son plafond étaient de bois et, au lieu de sol, il y avait de l'eau.

« Nous sommes dans le hangar à bateaux, s'écria Hannibal, et nous nous trouvons sous l'embarcadère.

— Mille tonnerres! Le garçon a raison, fit Evans.

— Pour sortir, il faut nager, remarqua Bob.

— Pas sûr. On pourrait peut-être marcher dans l'eau, objecta Peter, honteux de se rappeler ce qui lui était arrivé dans les parages.

— Avant de continuer, il vaudrait mieux fermer l'entrée du souterrain, dit Hannibal. Nous ne voulons pas que Karnes sache que nous savons! »

Bob et Peter relevèrent les quatre planches et refermèrent les verrous au moyen de clavettes de bois.

« Pas étonnant que nous n'ayons pas remarqué cette porte plus tôt, dit Bob. On croirait simplement quatre planches qui soutiennent la jetée. »

Josué et les garçons mirent le pied dans

l'eau peu profonde et grimpèrent sur l'embarcadère. Il faisait noir dans le hangar à bateaux. A peine si un peu de jour filtrait par quelques fissures et par la petite fenêtre, toute sale, sur le devant. En sortant par la double porte, Hannibal se retourna d'un air pensif.

« Bob a raison. Il n'y a aucune possibilité de découvrir ce tunnel par hasard. Ce qui signifie que le major Karnes devait savoir qu'il se trouvait là.

— Tu te rappelles ce document qu'il examinait dans son arrière-boutique ? Je parie que c'était une carte portant mention du tunnel, dit Bob.

— C'est possible », reconnut Hannibal.

Ils passèrent par le bouquet de chênes pour aller à la rencontre du *Vautour noir* qui revenait de sa première croisière de la journée. Le capitaine Joy, Jeremy et Sam la Galère étaient encore sur le pont. Le capitaine s'émut lorsqu'il vit M. Evans accompagné des détectives.

« Je leur avais pourtant recommandé, Evans... »

Josué l'interrompit.

« Tout va bien, Joy. Je sais maintenant quelles sont leurs intentions, à ces garçons. Et je crois que j'ai autant intérêt que n'importe qui à ce que le mystère de ce major... major comment ?

— Karnes, monsieur », dit Hannibal.

Et, sans laisser à Evans le temps d'achever sa phrase, il se tourna vers Joy :

« Puis-je vous demander, monsieur, à quelle heure vous avez commencé la croisière ?

— Il y a quarante-cinq minutes environ, par la faute de Sam la Galère, répondit le capitaine, en regardant M. Davis d'un œil furibond. Nous l'avons attendu si longtemps que nous avons finalement été obligés de commencer sans lui, mais heureusement il est arrivé sur la première île juste à temps. »

Peter n'y tint plus.

« Monsieur, nous avons trouvé les fouilles de Karnes ! Et nous savons pourquoi lui et sa bande voulaient être sûrs de votre absence. Ils ont dégagé un vieux souterrain qui relie la tour au hangar à bateaux ! »

Les deux autres détectives se joignirent à lui pour expliquer ce qui s'était passé dans la matinée. Ils n'oublièrent pas de mentionner le Pirate Violet qui les avait poursuivis.

Alors Hannibal se tourna vers Sam Davis.

« Pourquoi étiez-vous en retard ce matin ?

— Fiston, je ne crois pas que ça te regarde, mais je n'arrivais pas à faire démarrer ma voiture. J'ai à peine eu le temps de faire un saut jusqu'aux îles, et encore au dernier moment

— Monsieur, demanda Hannibal au capitaine, où gardez-vous le costume du Pirate Violet ?

— Dans une cabane sur l'une des îles. Avec tous les autres costumes. C'est le meilleur système.

— La cabane est-elle fermée à clef?

— Elle ne l'est pas.

— Donc, n'importe qui, sachant que le costume est là, aurait pu l'utiliser ?

— Je crois bien que oui, Hannibal.

— Voilà qui ne nous avance pas beaucoup », soupira le détective en chef. Puis, soudain rasséréné : « Mais le principal, dit-il, c'est que nous savons où Karnes est en train de creuser. La seule vraie question, c'est : que cherche-t-il ? Il doit s'agir d'un objet caché dans la tour elle-même, monsieur Evans, ou dans le tunnel. »

Evans haussa les épaules.

« Pas la moindre idée de ce que cela peut être.

— Et vous, monsieur, demanda Hannibal au capitaine, vous avez une idée ?

— Un souvenir quelconque du Pirate Violet, je suppose, encore que les gens aient vraiment cherché partout il y a cent ans.

— Un souvenir du Pirate Violet ? répéta Hannibal. C'est ce qu'il y a de plus probable, mais n'oublions pas que la contrebande et d'autres activités criminelles ont aussi sévi aux alentours de la crique.

— En tout cas, j'espère que la chose y

est toujours, Babal, dit Bob. Tu me comprends ? Nous ne savons pas si les gars de Karnes ont terminé leurs travaux.

— Nous savons que, la nuit dernière, ils cherchaient toujours, répondit Hannibal. Peter, va donc voir si leur surveillance est toujours en place. »

Peter partit au pas de course vers la barrière d'entrée. Josué Evans le suivit d'un air perplexe.

« Surveillance ? répéta-t-il. De quelle surveillance s'agit-il, les garçons ?

— Karnes a des guetteurs en place, expliqua Bob. Ils observent *Le Repaire du Pirate Violet* du matin au soir et du soir au matin. Quelquefois ils sont à deux, quelquefois il y en a un seul, mais le *Repaire* est surveillé vingt-quatre heures sur vingt-quatre.

— Vous m'en direz tant ! fit Evans en se grattant la mâchoire.

— C'est un des aspects de l'affaire qui me paraissent les plus curieux, remarqua Hannibal. On dirait que Karnes craint qu'une autre personne ne trouve le butin avant lui. Il a donc des raisons de penser qu'il n'est pas le seul à essayer de s'emparer de la chose.

— C'est peut-être un de ses rivaux qui s'est fait passer tout à l'heure pour le Pirate Violet », supposa Bob.

Peter revenait en courant :

« Le marchand de glace est en place, chef.

— Et ce soir, monsieur, demanda Hannibal au capitaine, vous avez encore une séance d'enregistrement ?

— Bien sûr, répondit Jeremy à la place de son père.

— Alors, dit froidement Hannibal, je propose que chacun rentre chez soi et que nous prenions un peu de repos. La nuit risque d'être longue. »

Il se tourna vers Josué Evans et Sam Davis.

« Peut-être, ajouta-t-il, M. Evans et Sam voudront-ils être des nôtres ce soir. Les choses pourraient devenir un peu trop dangereuses pour trois garçons de notre âge. D'accord ? »

Chapitre 18

Les détectives en danger

Les Trois jeunes détectives arrivèrent au *Repaire du Pirate Violet* à bicyclette, équipés de leurs walkies-talkies et de torches électriques, à l'heure où les derniers touristes prenaient congé. Les trois garçons portaient des chemises de couleur sombre. Ils passèrent au milieu des touristes qui sortaient, de manière à ne pas se faire remarquer par Carl qui était de faction dans le camion des pépiniéristes. Une fois dans le *Repaire*, ils coururent à la caravane. Là, ils partagèrent le dîner des Joy : les aventures de la matinée leur avaient donné de l'appétit.

Une heure plus tard, Sam Davis les rejoignit. M. Evans resta dans la tour, se montrant de temps à autre, pour que Carl, sur sa plate-forme, crût que tout se passait comme à l'ordinaire. Quand il fit presque nuit, le capitaine Joy et Jeremy fermèrent la barrière à clef et partirent pour leur séance d'enregistrement à Rocky.

« C'est l'heure, les gars », dit Hannibal à mi-voix.

Prenant garde de bien rester dans l'ombre, les détectives sortirent tous les trois de la caravane. Si Karnes et ses hommes se comportaient comme la veille, les garçons et Sam la Galère avaient environ dix minutes pour gagner le hangar à bateaux, et ils savaient que Carl ouvrait l'œil. Mais leurs chemises foncées les rendraient presque invisibles dans la nuit.

Une fois dans le hangar à bateaux, Bob, Peter et Sam Davis grimpèrent dans le grenier à voiles tandis qu'Hannibal sautait dans l'eau et se glissait à gué sous l'embarcadère. Ayant ouvert le pont-levis puis l'ayant refermé sur lui, le détective en chef suivit le tunnel et pressa le levier fixé au mur. Il franchit ainsi la porte secrète, la referma elle aussi et gagna la cave de la tour où il rejoignit Josué Evans.

Bob et Peter étaient étendus dans le grenier à voile, en pleine obscurité, juste au-dessus des portes qui allaient peut-être s'ouvrir pour laisser passer la camionnette de Karnes. Sam s'était placé à l'autre bout du grenier : de là, il pouvait surveiller la crique, pour le cas où quelqu'un se serait présenté de ce côté. Une fois en position, ils se préparèrent à attendre.

Dehors, dans la fraîche nuit de juin, des voitures passaient de temps à autre sur la route de la crique. Un chien aboya dans le village situé de l'autre côté de l'eau. Quelqu'un chantait quelque part. Un trait de lumière : c'était un des hydravions-taxis qui décollait. Un bruit de portière qui se fermait... un crissement de freins... Un cliquètement de métal contre du métal... Un ronronnement de moteur... Le silence.

Soudain, les doubles portes s'ouvrirent.

Peter et Bob retinrent leur respiration. Le ronronnement reprit, mais, cette fois-ci, c'était dans le hangar. Le toit de la camionnette se montra en dessous d'eux. Le major Karnes et Hubert descendirent et refermèrent la double porte du hangar. Bob souffla trois fois dans son walkie-talkie : c'était le signal convenu.

En retour, il entendit un léger coup : Hannibal venait de frapper du doigt son propre appareil.

Aussitôt que la porte du hangar fut refermée, le petit major et le gros Hubert coururent à l'embarcadère et sautèrent dans l'eau. Leurs torches les aidaient à se diriger sous l'embarcadère, vers l'entrée du tunnel. Ce fut à ce moment que...

Badaboum!

Un craquement terrible retentit dans le hangar.

« Mille millions de trinquettes ! » cria Sam la Galère.

Le malheureux avait fait un mouvement de trop, et tout un amas de vieilles planches s'était effondré sur lui. Peter et Bob n'avaient pas encore eu le temps de bouger qu'un mât, entraîné par les planches, les immobilisa un instant. Pour comble de malheur, le rayon d'une lampe électrique vint fouiller leur retraite et se fixer sur leurs deux visages.

« Descendez, on vous demande ! » fit la voix de Carl.

Carl, qui se tenait près de la camionnette, sa lampe d'une main et son pistolet de l'autre !

Pas très fiers, Bob et Peter se laissèrent glisser à bas de l'échelle. Cependant le major et Hubert étaient remontés sur l'embarcadère et ils se tenaient dans une petite flaque d'eau, derrière Carl.

« Imbécile, commanda le major, monte donc voir s'il y a encore quelqu'un dans ce grenier. »

Le géant escalada l'échelle qui gémit sous son poids. Le major transperçait ses prisonniers du regard.

« Je vous ai déjà vus quelque part, vous deux. Mais oui, bien sûr ! C'est vous qui m'avez tiré des pattes de la foule, le premier jour des interviews. Et vous m'avez raconté des histoires de pirates. Seulement, vous étiez trois, je m'en souviens. Où est passé votre copain? C'était le plus gros et le plus bavard. Et d'abord pourquoi étiez-vous cachés dans ce grenier?

— Nous-nous n'é-n'étions pas...» bredouilla Bob.

Hubert avait révolutionné tout le grenier à la recherche d'un complice.

«Patron, cria-t-il, il n'y a personne ici.»

Personne? Bob et Peter échangèrent un regard. Où était donc passé Sam la Galère? Il avait dû fuir par la lucarne du grenier après avoir provoqué la catastrophe.

«Regarde mieux, idiot, nigaud, andouille! cria le major. Il doit y avoir un troisième voyou là-haut.»

Il revint aux garçons.

«Alors? Pourquoi vous cachiez-vous?

— Nous ne nous cachions pas, répondit Bob. Nous nous étions endormis. Vous comprenez, nous étions allés faire la croisière pirate. Ça nous a fatigués. Alors nous sommes venus ici pour nous reposer... et voilà. C'est vous qui nous avez réveillés.

— C'est ça, dit Peter. On est bien là-haut pour dormir.»

Hubert redescendait. Il manqua le troisième échelon, tomba par terre et entraîna Peter dans sa chute.

«Bêta! Idiot!» grogna le major.

Hubert se releva et releva Peter. Il lui fit même ses excuses et alla jusqu'à lui brosser ses vêtements. Puis il se tourna vers le major.

« Dites donc, patron. Vous vous rappelez que je vous ai dit hier que j'avais vu un garçon en train de nous espionner près de la barrière? Eh bien, le garçon, c'est lui. Enfin, je crois que c'est lui.

— Très bien! fit Karnes. Carl, fouille-les tous les deux. »

Carl fouilla les garçons. Il trouva leurs torches, leurs cartes et leurs walkies-talkies.

Karnes lut les cartes.

« Ah! vous êtes des détectives! Ah! vous nous avez repérés! Ah! vous nous avez filés! Et le troisième larron attend que vous lui rendiez compte de ce que nous faisons, sans doute? »

Le major empoigna le walkie-talkie de Peter.

« Ecoute-moi bien, mon garçon, où que tu sois. Nous avons capturé tes copains. Nous allons les ligoter et les laisser sous bonne garde. Essaie de ne pas te mêler de nos affaires, ou bien il leur en cuira! »

Chapitre 19

La situation est renversée

Dans le salon de la tour, M. Evans et Hannibal avaient tout entendu, grâce au walkie-talkie d'Hannibal, qui avait été laissé sur écoute. Tout, et en particulier la menace de Karnes.

« Mes amis sont prisonniers, dit Hannibal désespéré.

— Du calme, Hannibal, murmura M. Evans.

— Il faut faire quelque chose.

— Sans doute, mais quoi ? »

Quelqu'un frappa énergiquement à la porte. Hannibal demeura pétrifié. Josué Evans tira son pistolet de la poche de sa veste. Les coups recommencèrent, toujours plus forts. Evans alla à la porte et l'ouvrit brusquement.

C'était Sam Davis, dégouttant d'eau. Il se précipita dans la pièce en jetant des regards apeurés derrière lui.

« Le major, il a capturé les garçons !

— Nous le savons, dit Evans. Vous, comment vous êtes-vous sauvé ?

— J'étais dans le grenier. J'ai sauté par la lucarne. Sauté dans l'eau ! Je suis tout trempé ! haletait Sam.

— Vous avez eu de la chance, dit Evans, et peut-être nous aussi. Maintenant que vous êtes avec nous, je commence à voir ce que nous pourrions faire.

— Quel est votre plan, monsieur ? demanda Hannibal.

— Descendons d'abord à la cave. »

Lorsqu'ils furent dans la petite pièce souterraine et mal éclairée, Evans demanda à Sam de se cacher sous l'escalier et se rendit lui-même avec Hannibal dans le débarras.

« Evans, qu'est-ce que nous allons faire ? demanda Sam d'une voix rauque.

— Oui, monsieur Evans. Quelle tactique allons-nous adopter ? interrogea Hannibal.

— Hannibal, dit Evans, je vais être obligé de commencer par vous avouer quelque chose. J'ai déjà...

— Vous avez déjà trouvé le trésor ! s'écria Hannibal. Vous êtes revenu à la Crique aux Pirates parce que vous saviez qu'il était là !

— Exact, Hannibal. Je suis venu à la

recherche du vieux trésor, et je l'ai trouvé il y a une semaine.

— Vous voulez dire qu'il est toujours là, dans cette tour??

— Oui, dans ce débarras. Je n'ai pas touché au vieux coffre chinois dans lequel il se trouve. Voyez-vous, il y a bien longtemps déjà, mon père m'a parlé de cette tour et du trésor que mon arrière-arrière-grand-père y avait caché. Cette année, pour la première fois, j'ai pu quitter la côte Est et revenir ici. J'ai beaucoup cherché, et enfin, la semaine dernière, j'ai trouvé.

— Mais monsieur, pourquoi ne l'avez-vous dit à personne?

— Parce que, Hannibal, je ne sais pas exactement quelle est ma position juridique dans cette affaire. Avant de m'être assuré que le trésor m'appartenait bien, je préférais me taire.

— Il est sur votre propriété et c'est vous qui l'avez trouvé : il doit être à vous, dit Hannibal.

— C'est mon avis, fit Sam, à l'autre bout de la cave. Qui cherche trouve et qui trouve garde!

— En tout cas, dit Evans, je n'ai pas l'intention de me le laisser confisquer par votre major Karnes ou n'importe quel autre voleur.

— Comment allez-vous procéder? demanda Hannibal.

— J'espère le duper de la belle façon. Je suppose que, pour le moment, il est en train de ligoter tes copains, mais, dans quelques instants, il va arriver ici, il sera armé, et ses hommes l'accompagneront. Il s'attendra à te trouver ici, Hannibal, mais il ne sait pas que Sam est dans le coup. Sam, vous restez donc caché. Moi, j'avouerai que j'ai trouvé le trésor et je reconnaîtrai qu'il se trouve dans le débarras. Il s'y précipitera avec ses gardes du corps, et il me prendra avec lui pour que je lui montre le coffre. Il sera si ému qu'il ne pensera plus à Hannibal. Alors, au moment où nous serons tous dans le débarras, vous Sam et vous Hannibal, vous bondirez sur la porte et vous la fermerez avec un cadenas. »

Evans alla chercher un cadenas dans le débarras, tandis qu'Hannibal formulait une objection.

« Mais alors, monsieur, vous vous trouverez là-dedans à leur merci ?

— J'ai mon pistolet, répondit Evans, qui remit un gros cadenas à Sam, et je crois que j'aurai le dessus. Ils seront si surpris quand ils entendront la porte se fermer qu'ils se jetteront sur elle pour l'ouvrir. Les gens réagissent toujours de la même manière. Alors, moi, je tire mon arme, et je les empêche de bouger jusqu'à ce que vous ayez libéré Peter et Bob et que vous soyez revenus avec la police.

— Attention, fit Sam la Galère. Mille millions de sabords, je les entends venir.

— Tiens-toi derrière moi, Hannibal, commanda Evans. Sam, si mon plan ne marche pas, on leur saute dessus. En position !»

Evans se plaça au milieu de la cave à l'instant où la porte secrète s'ouvrit. Karnes et Carl entrèrent, l'arme à la main. Immédiatement, ils virent Evans et Hannibal.

« Ah ! voilà le quatrième garnement et M. Josué Evans en personne, ricana le petit major. J'aurais dû deviner que c'était toi, Evans, qui manipulais la petite classe. Bon, fini de jouer. Où est le magot ?»

M. Evans haussa les épaules.

« D'accord, Karnes, c'est toi qui gagnes. Les garçons n'y sont pour rien. Ce que tu es venu chercher est dans le débarras, au fond d'un placard. »

Carl remit son pistolet dans son étui et se précipita vers la porte. Karnes le rappela.

« Carl, un instant ! Tu passes d'abord, Evans, et plus vite que ça !»

Avec son pistolet, le major indiquait à Evans qu'il devait les précéder.

Evans ne se fit pas prier pour entrer dans le débarras, suivi du major et de Carl. A aucun moment Karnes ne quitta des yeux le dos d'Evans, comme s'il s'attendait encore à quelque ruse. Une fois dans le débarras,

Carl passa le premier, dans sa hâte d'atteindre le placard.

Personne ne pensait plus à Hannibal, comme Evans l'avait prédit. Sam quitta sa cachette sous l'escalier. Avec l'aide d'Hannibal, il repoussa la lourde porte, qu'il referma ensuite à l'aide du cadenas.

Des cris de rage et des bruits de pas précipités se firent entendre. Quelqu'un semblait vouloir arracher la poignée de la porte qui tournait dans tous les sens. Puis la voix calme de Josué Evans se fit entendre.

« Ne bougez plus, vous autres, ou je tire. Déposez vos armes lentement... très lentement. Maintenant, demi-tour. C'est parfait. Hannibal, tu m'entends ? Va chercher la police.

— J'y vais ! » cria Hannibal.

Il entendit le petit rire satisfait d'Evans de l'autre côté de la cloison et il imagina l'air déconfit de Karnes et de Carl.

Chapitre 20

L'affaire paraît terminée

Pieds et poings liés, Peter et Bob étaient assis, adossés à la camionnette, dans le hangar obscur. Hubert les gardait. On aurait dit un grand chien nerveux. D'une main tremblante, il brandissait sa torche.

« Vous avez intérêt à vous tenir tranquilles, leur répétait-il à chaque instant. Le patron a dit que vous ne bougeriez pas d'ici, alors vous avez intérêt à ne pas bouger d'ici. »

Nerveux, Hubert l'était à un point tel qu'il ne tenait pas en place. Tantôt il allait jeter un coup d'œil à l'eau, comme s'il s'attendait à voir le major sortir des ondes. Tantôt il revenait aux garçons pour leur conseiller de se tenir tranquilles, tantôt il vérifiait la porte du hangar comme s'il craignait d'être attaqué de ce côté.

Il se trouvait à l'extrémité de l'embarcadère quand un sifflement s'échappa de la poche de Bob.

« Dis donc, chuchota Peter, c'est ton walkie-talkie que tu as laissé sur écoute. Tu ne pourrais pas le mettre sur émission ? »

A force de gigoter, Bob réussit à approcher ses mains liées ensemble de la poche de son blouson, et, après quelques efforts encore, il réussit à appuyer sur le bouton à travers le tissu. Alors il parla à haute voix.

« Hubert, nous sommes ligotés dans ce hangar à bateaux. Je ne sais pas ce que vous pouvez encore craindre de nous. »

Ayant trouvé le bouton « écoute », Bob réussit à appuyer dessus. Il entendit la voix d'Hannibal murmurer :

« J'ai compris. Ecoutez-moi attentivement. Dites à Hubert que Karnes veut lui parler. Il sait que Karnes a pris un de nos walkies-talkies : donc il viendra écouter. Je m'occupe du reste. »

Peter appela :

« Hubert !

— Vous n'avez pas le droit de parler, répliqua le géant.

— Nous, on veut bien, répondit Bob. Mais le major vient de nous dire qu'il a des ordres à vous donner.

— Il vient de vous dire... ? »

Hubert regardait autour de lui, comme s'il croyait que le major se trouvait dans le hangar.

« Il vient de nous le dire par radio, expliqua Peter. Vous savez bien, les petites radios portatives ! Le major a pris l'une des nôtres.

— Ah ! je comprends. Et il parle dessus ?

— Mais oui, dit Bob. Venez et vous l'entendrez. »

Prudent, Hubert s'approcha. Il craignait quelque embûche, mais, d'un autre côté, il avait peur de Karnes et il n'osait pas lui désobéir.

Soudain le walkie-talkie tonna :

« Imbécile ! Niquedouille ! Tu vas me faire attendre longtemps, idiot ? »

Si Peter et Bob n'avaient pas été ficelés, ils auraient sauté en l'air. La voix du major avait été reproduite par Hannibal avec la dernière précision. Souvent, ils avaient admiré les capacités d'imitation de leur ami, mais elles les étonnaient toujours. Hubert pâlit. Il regardait la poche de Bob d'un œil fixe, comme s'il pouvait voir le major à travers elle.

« A vos-vos ordres, pa-pa-tron.

— Cesse de bégayer, nigaud. Ecoute-moi bien, imbécile. Vérifie que ces deux garnements sont convenablement attachés, bêta. Prends-leur le walkie-talkie, abruti, descends dans le tunnel, niquedouille, et viens me rejoindre, âne bâté. Tu devrais déjà être là, andouille. »

Hubert s'inclina profondément devant la poche de Bob.

« Compris, patron. J'arrive. »

Dans sa hâte, le malheureux géant oublia même de vérifier les liens des prisonniers. Il se contenta de leur prendre leur radio. Puis il sauta à bas de l'embarcadère et se glissa lourdement dans le tunnel. Dès qu'il fut parti, la porte du hangar s'ouvrit et Sam Davis entra pour délier Bob et Peter.

« Le major et Carl sont enfermés dans le débarras, expliqua-t-il. Evans les a dupés, et, comme il est armé, il ne craint rien. Evans a déjà trouvé le trésor et c'est lui qui a persuadé le major d'entrer dans le débarras.

— M. Evans a trouvé le trésor des pirates ? s'écria Bob en se redressant.

— Il l'avait trouvé avant que je ne commence à le chercher, avoua Sam.

— Donc, dit Peter en se débarrassant de ses entraves, le Pirate Violet, c'était vous ! Vous cherchiez le trésor et vous vouliez nous faire peur ! »

Sam baissa la tête.

« Une nuit, dit-il, j'étais revenu ici parce que j'avais oublié quelque chose, et j'ai vu ces gars qui sortaient du hangar à bateaux. Au bout de deux jours, j'avais découvert le tunnel. Je voulais savoir ce qu'ils cherchaient comme ça. Je ne faisais de mal à personne.

— On verra tout ça après, dit Bob. Pour le moment, filons. Ou bien Hubert va tout comprendre et revenir ici. »

Ils coururent jusqu'à la tour où Hannibal attendait, son walkie-talkie à la main. Dès qu'il les vit, il se pencha sur l'appareil.

« Espèce d'imbécile, veux-tu retourner immédiatement au hangar ! Tu t'es laissé berner comme l'idiot que tu es ! Ce n'est pas moi qui t'ai parlé, bêta. Demi-tour, niquedouille ! Si les prisonniers se sont échappés, je t'écorcherai vif, bêta. Remue-toi un peu, andouille ! »

Tout le monde éclata de rire, cependant que, à l'étage inférieur, retentissaient des cris de terreur et des pas précipités.

« Pour les imitations, Babal, tu es imbattable ! s'écria Peter.

— Et maintenant, qu'est-ce qu'on fait ? » demanda Bob.

Hannibal n'eut pas le temps de répondre. Dehors, un moteur venait de démarrer. Les garçons bondirent. Ils virent la camionnette sortir à toute allure du hangar, tourner sur les chapeaux de roues dans l'allée et foncer vers la barrière fermée qu'elle arracha de ses gonds, puis disparaître dans la nuit. Hubert avait pris la fuite.

« On croirait qu'il a le diable à ses trousses, remarqua Peter.

— Pas le diable : le major, corrigea Hannibal, et c'est encore plus effrayant. »

L'inspecteur Reynolds travaillait tard ce soir-là. L'officier de permanence lui rendit compte de l'histoire que les Trois jeunes détectives venaient de lui raconter par téléphone. Immédiatement, l'inspecteur dépêcha plusieurs hommes pour s'emparer de Santos et pour accompagner le capitaine Joy et son fils au *Repaire*. Puis l'inspecteur Reynolds appela le shérif, et toutes ces voitures de police, faisant hurler leurs sirènes, convergèrent vers la Crique aux Pirates. L'inspecteur venait à peine d'arriver à la tour qu'un de ses hommes lui rendit compte :

« Nous avons arrêté Santos.

— Bien, dit Reynolds. Maintenant nous allons prendre les autres. »

Dans la cave, les policiers tirèrent leurs revolvers tandis qu'Hannibal ôtait le cadenas et ouvrait la porte du débarras.

« Ça va, dit le shérif. Sortez tous, les mains en l'air. »

Carl, l'air sinistre, et le major, rouge de honte, sortirent du débarras, les mains en l'air. Evans les suivait, son pistolet à la main. Les policiers eurent tôt fait de passer les menottes aux malfaiteurs.

« De quoi sommes-nous accusés ? demanda Karnes.

— D'effraction : cela suffirait pour vous mettre sous les verrous, dit Hannibal.

— Sans compter : tentative de cambriolage, voies de fait, détention illégale d'armes prohibées et peut-être même enlèvement de mineurs, ajouta Reynolds.

— Ils sont tous coffrés? demanda Josué Evans.

— Excepté Hubert, répondit Bob, qui raconta le tour qu'Hannibal avait joué au pachyderme. J'imagine qu'il ne s'arrêtera qu'une fois qu'il sera en panne sèche. »

Cependant Jeremy, n'y tenant plus, s'écria :

« Mais le trésor, monsieur Evans! Le trésor! Où est-il?

— Venez le voir », répondit Evans en souriant.

Il traversa le débarras et s'arrêta devant un placard d'où il retira un coffre de bois noir, laqué, avec des ornements en cuivre. Le nom du lieutenant William Evans se lisait sur le couvercle, où il avait été gravé. Evans déposa le coffre sur une table et souleva le couvercle.

« Mon Dieu! » fit Jeremy.

La bouche ouverte, ils virent tous apparaître une montagne de bagues, de pendentifs, de bracelets, de candélabres en or, d'argenterie, et de mille autres joyaux qui scintillaient dans la lumière, encore qu'elle fût bien pâle. Bob saisit une broche dans ses mains. Peter et Hannibal plongèrent leurs mains dans la masse étincelante. Hannibal ramena une bague. Puis il soupesa le coffre chinois.

« Tout ça doit valoir des millions, dit Bob.

— Evans, vous avez de la chance, commenta Reynolds. Je pense que vous devriez engager un avocat, pour vous assurer que toute cette affaire est bien légale, mais, franchement, je ne vois pas très bien ce qui pourrait ne pas coller. Butin de pirate, d'accord, mais comment prouver la chose maintenant ? Et ce butin a été retrouvé par vous sur votre propriété. Evidemment, à l'époque du pillage, la Californie appartenait au Mexique, et le gouvernement mexicain essaiera peut-être de réclamer le trésor, mais je ne vois pas comment il pourrait réussir à l'obtenir.

— Merci, inspecteur. Je suivrai votre conseil », dit Evans.

Sur l'ordre du shérif, Carl et Karnes furent emmenés à la prison de Rocky, où ils devaient rejoindre Santos. Et l'inspecteur Reynolds envoya ses hommes se mettre en place pour tenter de capturer Hubert.

« Mes compliments une fois de plus, dit-il aux Trois jeunes détectives. Vous vous êtes bien débrouillés comme d'habitude. Mais il doit être temps que vous rentriez chez vous, et le moins que je puisse faire est de vous y ramener.

— De mon côté, dit Josué Evans, je voudrais remercier ces jeunes gens. S'ils veulent revenir demain m'aider à faire l'inventaire du trésor, ils seront les bienvenus. Je suppose que ces malfaiteurs seront bientôt relâchés sous caution, et je voudrais mettre tout ça en sécurité dans une banque, le plus tôt possible.

— Pas de caution avant demain midi, répondit Reynolds. Et même à ce moment-là, je doute qu'ils reviennent vous ennuyer. Cependant, pour être plus sûr, je vais vous laisser un factionnaire, au moins jusqu'à la capture d'Hubert.

— Quant à l'inventaire, mon papa et moi, nous pourrions vous aider dès maintenant, proposa Jeremy.

— Tout le monde est charmant pour moi, dit Evans, et moi aussi, j'ai décidé d'être charmant, pour changer. Les Trois jeunes détectives méritent une récompense. Les garçons, choisissez chacun un bijou. »

Les garçons se groupèrent en hâte autour du coffre de bois laqué. Peter prit une grosse broche en or ornée d'une émeraude, Bob s'empara d'un bracelet décoré de diamants et Hannibal prit une bague où un diamant était enchâssé entre des saphirs. Puis ils mirent leurs bicyclettes dans la voiture des policiers et rentrèrent tranquillement chez eux.

Chapitre 21

En fuite !

A huit heures, le lendemain matin, Peter se réveilla en sursaut. Quelqu'un grattait à sa fenêtre. Il y regarda de plus près et vit que c'était une branche d'arbre. Cela le fit rire. Il se tourna sur l'autre flanc pour se rendormir. Soudain il sauta de son lit et courut à la fenêtre. Il venait de se rappeler qu'aucun arbre ne croissait de ce côté.

Dehors, dans la clarté grise de l'aube, il aperçut Hannibal et Bob qui lui faisaient des signes. Tant pis pour le jardin des voisins : il s'en occuperait plus tard. Il s'habilla en hâte et descendit sur la pointe des pieds pour que ses parents, qui prenaient leur petit déjeuner à la cuisine, ne l'entendissent pas. Environnés de brume, Bob et Hannibal l'attendaient, près de leurs bicyclettes.

« Qu'est-ce qui se passe, les gars ? demanda Peter.

— Babal pense que quelque chose est arrivé au capitaine Joy et à Jeremy, répondit Bob en enfourchant sa monture.

— Arrivé ? Quoi ? demanda Peter.

— Prends ton vélo et viens. On parlera en route », commanda Hannibal d'un ton grave.

Tout en pédalant énergiquement, le détective en chef condescendit à expliquer la situation.

« Je ne sais pas ce qui leur est arrivé. J'ai essayé de leur téléphoner ce matin. Pas de réponse. J'ai essayé M. Evans. C'est le même tabac.

— Mais la tour est gardée par un policier, objecta Peter.

— Erreur. J'ai aussi téléphoné au bureau de l'inspecteur Reynolds, et on m'a dit qu'Hubert avait été capturé ce matin à une centaine de kilomètres au nord de Rocky. Comme Karnes, Karl et Santos sont toujours en prison, la tour n'est plus gardée.

— Je ne comprends pas, dit Peter en fronçant les sourcils. Qui aurait avantage à causer du tort aux Joy et à M. Evans si toute la bande de Karnes est au violon ?

— Mon idée, Peter, répondit Hannibal, c'est que toute la bande de Karnes n'est pas au violon ! »

Parvenus à la Crique aux Pirates, les garçons s'arrêtèrent devant la barrière défoncée qui menait au *Repaire du Pirate Violet.* Quand on dit la barrière... en fait, il n'y en avait plus, car la camionnette pilotée par Hubert l'avait entièrement démolie le soir précédent.

Une fois les bicyclettes enchaînées à la palissade, Hannibal dit :

« Bob, tu t'occupes de la caravane. Peter et moi, nous allons jeter un coup d'œil à la tour. »

La porte de la tour était ouverte. A l'intérieur, pas un bruit.

« Monsieur Evans ?

— Capitaine Joy ? Jeremy ? »

Pas de réponse. Peter grimpa aux étages supérieurs. Hannibal fouilla le rez-de-chaussée et la cave. Il n'y avait personne, et le coffre au trésor avait lui aussi disparu. Bob entra en courant, suivi par Sam la Galère.

« Babal, M. Davis dit qu'il n'a pas vu les Joy ce matin. Ils ne sont pas dans la caravane. Mais leur voiture est toujours là. »

Sam était plein de remords.

« Tout ça, c'est ma faute. J'aurais dû dire au capitaine que j'avais trouvé le tunnel, au lieu d'essayer de repérer moi-même ce que cherchaient ces gredins. Alors tout aurait été dans l'ordre.

— Mais non, ce n'est pas votre faute, répliqua Hannibal, cherchant à consoler le brave homme. De toute manière, la question qui se pose maintenant est celle-ci : où sont les Joy et que fait M. Evans?

— Ce qu'il fait? Je n'en sais rien, mais je l'ai vu partir en voiture il n'y a pas une demi-heure.

— Monsieur Davis! s'écria Hannibal. L'avez-vous vu emporter quelque chose?»

Sam la Galère secoua la tête d'un air lamentable.

«Comment voulez-vous que je sache? Pourtant, il me semble bien qu'il y avait une ou deux valises sur le siège à côté de lui.

— C'était le trésor! fit Hannibal. Naturellement, il voulait le garder à portée de la main. Il a filé, les gars! Nous sommes arrivés trop tard. Mais pas trop tard, je l'espère, pour sauver le capitaine et Jeremy. Il faut les trouver immédiatement.

— Evans? Le trésor? bredouillait Sam, perplexe. Pourquoi Evans se carapaterait-il avec un trésor qui lui appartient de toute façon?

— Vous avez mis le doigt sur le vrai problème, monsieur Davis. Je sais maintenant pourquoi Karnes et sa bande surveillaient le *Repaire* jour et nuit et pourquoi ils cherchaient à pénétrer dans la tour sans se faire voir. Josué Evans nous a bernés, tous tant que nous sommes.

— En tout cas, dit Sam, il a décampé si vite qu'il n'a même pas emporté son chat.

Regardez-moi cette pauvre bête qui n'arrive pas à se faire ouvrir la porte. »

En effet, le chat noir était dans la cuisine ; il miaulait et il essayait de pousser avec sa patte la porte donnant sur le puits de l'échelle.

« Il est fou, ce chat, dit Peter. Pourquoi veut-il aller là-dedans ? Il n'y a personne à l'étage, et de toute manière les chats, ça ne grimpe pas aux échelles. »

Hannibal, les yeux en vrille, commanda soudain :

« Ouvre-lui cette porte, Bob. »

Bob obéit. Le chat noir courut droit au mur qui, dans le puits, faisait face à la porte. Il recommença à miauler et à gratter. Il reniflait et se frottait aux pierres, tout en regardant Sam et les garçons. Il semblait vouloir qu'on l'aidât à traverser la muraille.

« Babal, il y a peut-être une chambre secrète là-dedans ! s'écria Bob.

— Cherchons un anneau de fer, répondit Hannibal. Et une pierre qui cacherait un levier, comme celui qui ouvre le tunnel. »

Ce fut Peter qui trouva l'anneau : un artisan astucieux l'avait monté de telle manière qu'il paraissait appartenir à une vieille lampe à huile. Mais la pierre sur laquelle était fixée la lampe venait aisément, dès qu'on tirait sur l'anneau. Derrière, il y avait bien un levier, qui avait été huilé récemment. Le mur s'ouvrit devant le chat qui miaulait toujours. Sam et les garçons suivirent l'animal dans une petite pièce meublée comme une bibliothèque, avec des livres aux murs et des sièges de cuir. Le capitaine Joy et Jeremy étaient assis sur un divan. Leurs poignets et leurs chevilles étaient liés et leur bouche avait été recouverte de sparadrap.

« Cap'taine ! cria Sam.

— Jeremy ! firent Bob et Peter

— Mmmmmmmmmmmm ! » répondirent les Joy, qui ne pouvaient parler.

Leurs regards réclamaient qu'on les libérât avant de leur poser des questions.

Peter tira son couteau de poche et trancha les cordes, tandis que Bob ôtait le sparadrap aussi doucement qu'il pouvait.

« C'est ce satané Evans ! rugit le capitaine Joy, tout en arrachant la colle qui adhérait à sa barbe. Je ne sais pas ce qui lui a pris. Il a...

— Il a emporté le trésor, compléta Jeremy, qui battait la semelle pour rétablir sa circulation. Il nous a menacés de son pistolet, il m'a forcé à ficeler mon père, et ensuite il m'a ficelé aussi.

— Il y a combien de temps ? demanda Hannibal.

— Il y a environ une heure, répondit le capitaine furieux. Nous venions de dresser l'inventaire de son trésor — nous y avons passé la nuit —, et soudain le voilà qui tire son pistolet et qui nous garrotte !

— A-t-il dit où il allait ?

— Non. Et ce que je ne...

— Papa, intervint Jeremy. Il a eu une communication téléphonique.

— Oui, fils, mais nous n'avons pas entendu ce qu'il disait. Et enfin pourquoi ?... Le trésor était bien à lui !

— Essayez de vous rappeler, monsieur : vous êtes sûr de n'avoir rien entendu de cette conversation ?

— Rien du tout. Il venait de nous ligoter, et je ne pensais qu'à ça. Je vous l'ai dit : nous venions de terminer l'inventaire et Jeremy a dit à Evans que ce trésor lui paraissait un peu bizarre...

— Bizarre ? En quoi bizarre ? demanda Hannibal.

— Je ne sais pas trop, Babal, fit Jeremy en fronçant les sourcils. Certaines des bagues et quelques autres objets avaient l'air trop... trop... trop neufs.

— C'est bien ça : trop neufs ! » confirma Hannibal.

Mais à cet instant :

« Babal ! Viens voir ! » s'écria Bob.

Il se tenait près du bureau sur lequel était posé le téléphone et il examinait un petit bloc-notes disposé à côté de l'annuaire. Hannibal et les autres y coururent. Sur le bloc-notes on voyait un dessin, comme on en fait inconsciemment lorsqu'on a l'esprit occupé ailleurs. Ce dessin, très simplifié, représentait un oiseau, soit un avion, soit un...

« Un hydravion ! cria Jeremy. Vous voyez les flotteurs pour amerrir ?

— On dirait l'un des hydravions-taxis de la Crique aux Pirates, constata le capitaine.

— Il a dû en commander un ! » s'écrièrent Peter et Bob d'une seule voix.

Hannibal était déjà sorti. Il courait vers la porte principale.

« Un instant, fit le capitaine, qui regardait sa montre. Il est huit heures quarante-cinq, les garçons. Les bureaux de cette agence ouvrent à la demie. Nous n'aurons jamais le temps de l'arrêter, même s'il n'est pas encore envolé.

— Appelez l'agence, répliqua Hannibal. Ils peuvent empêcher Evans de décoller. Dites-leur que c'est un dangereux criminel. »

Le capitaine trouva le numéro dans l'annuaire et le composa. A la personne qui répondit, il expliqua qu'un dangereux criminel avait l'intention de s'évader en hydravion. Il donna le signalement d'Evans. En effet, répondit l'homme, cet individu s'était présenté au bureau. D'ailleurs il était déjà à bord d'un des hydravions, prêt à décoller.

« Essayez de l'en empêcher, insistait Joy. Vous avez bien une radio ? Racontez n'importe quoi au pilote pour le faire revenir. »

Il y eut un silence, pendant lequel le capitaine regarda Sam et les garçons.

« Quoi ? Le pilote ne répond pas ? Vous pensez qu'Evans est armé et qu'il ne permet pas au pilote de répondre ? »

Il reposa le combiné.

« Ils téléphonent au shérif, dit-il, mais l'hydravion est déjà en train de quitter l'embarcadère. »

Hannibal et les autres se précipitèrent dehors. En effet, ils purent voir, de l'autre côté de la crique, un petit hydravion se déplaçant lentement sur l'eau.

« Trop tard ! fit Hannibal au désespoir. Nous ne pouvons plus l'arrêter. »

Le capitaine Joy avait rejoint ses amis au bord de l'eau. Lui aussi, il regarda l'hydravion.

« Si, s'exclama-t-il. Nous le pouvons. »

Et le grand barbu partit en courant, comme s'il avait le diable à ses trousses.

Où courait-il ? Vers son navire, *Le Vautour noir*.

Chapitre 22

« Le Vautour noir » passe à l'attaque

Le capitaine Joy était à la barre du *Vautour noir* et ses yeux brillaient. Le navire pirate fendait les flots de la Crique aux Pirates. Une brise dissipait les derniers restes de brume. Sam la Galère avait grimpé jusqu'au poste de vigie, et il indiquait à grands cris la marche à suivre. Jeremy et les Trois jeunes détectives se tenaient sur le gaillard d'avant. Pour la première fois de son existence, *Le Vautour noir* attaquait pour de vrai.

« Dans quelle direction l'hydravion va-t-il décoller ? demanda Hannibal, plein d'angoisse.

— Droit vers le large, en suivant le chenal entre les bouées rouges, expliqua

Jeremy. C'est comme cela qu'il doit se placer pour faire face au vent. »

Là-haut, Sam la Galère vociférait :

« Cap'taine, il prend de la vitesse pour aborder le chenal. »

Sur le gaillard d'avant, les garçons estimaient la distance et les angles tout en surveillant l'hydravion.

« Nous n'y arriverons pas, se lamentait Peter. Il décollera avant que nous ne bloquions le chenal.

— Nous y arriverons, ripostait Bob. Il n'est même pas encore en position pour décoller.

— Ça va être juste, dit Peter, évaluant le chemin qu'ils avaient à parcourir.

— Si nous sommes un peu loin, il pourrait nous passer au-dessus de la tête, gronda Hannibal.

— Non. Nos mâts sont trop hauts, répliqua Jeremy. Si nous atteignons le chenal, ça suffira. »

Fonçant à toute allure, ses pavillons et ses bannières claquant dans le vent, son étrave tranchant l'écume et son moteur faisant trembler tout le bâtiment, *Le Vautour noir* se rapprochait du milieu de la crique.

L'hydravion était arrivé au chenal délimité par les deux rangées de bouées. Un instant, il ne bougea plus. Puis — les garçons le virent fort bien de leur place, et Sam encore mieux du haut de son poste —, l'hélice unique de l'hydravion tourna de plus en plus vite à mesure que le moteur augmentait son régime. L'appareil parut agité de frissons. Enfin, lentement, il se mit en mouvement.

De moins en moins lentement, le petit hydravion glissait sur ses flotteurs le long du chenal.

Hannibal plaça sa main en visière.

«Je vois le pilote et le passager, dit-il. C'est bien Evans, et je...»

L'hydravion grandissait à vue d'œil.

«La bouée rouge marque la moitié du parcours de décollage», précisa Jeremy.

L'hydravion dépassa la bouée rouge à l'instant même où *Le Vautour noir* atteignait le chenal.

Sur le navire, tout le monde retint sa respiration.

Dans l'hydravion, le pilote avait blêmi et il avait la bouche grande ouverte. Josué Evans se pencha par la portière. Il braqua son pistolet sur *Le Vautour noir* qui venait se mettre en travers du chenal.

«Couchez-vous!» cria le capitaine Joy.

Un coup de feu, puis un second.

Un instant, le temps sembla suspendu, tandis que les détonations claquaient dans le vent, et puis *Le Vautour noir* bloqua le chemin de l'hydravion lancé à pleine vitesse. La collision semblait inévitable.

Au dernier moment, l'hydravion vira sur

le côté, quitta le chenal, perdit une aile arrachée par une bouée noire et s'affala sur le côté dans la crique.

Alors *Le Vautour noir* vola au secours de l'hydravion en perdition. On voyait le pilote qui nageait pour s'éloigner de son appareil à moitié submergé. Lorsqu'on fut à portée, Jeremy lui lança une bouée au bout d'une corde. Les sauveteurs étaient occupés à hisser le pilote à bord quand soudain ils aperçurent Josué Evans. Il nageait de toutes ses forces dans la direction opposée, en poussant deux bouées de sauvetage devant lui. Sur ses bouées, reposait le coffre de laque noire qui contenait le trésor.

« Dites donc, les gars, vous m'avez sauvé la vie, dit le pilote. Ce fou était armé. Il ne m'a laissé ni rentrer ni utiliser la radio lorsqu'on m'a rappelé du bureau. Qui est-ce? Un cambrioleur de banque ou quoi?

— C'est à peu près cela », répondit Hannibal, tandis que *Le Vautour noir* se remettait en marche pour rattraper Josué Evans.

Le propriétaire de la tour de pierre essayait toujours de fuir en poussant devant lui son trésor posé sur ses deux bouées. Mais le coffre était trop lourd : il ne cessait de glisser et menaçait de couler à chaque instant, sous les yeux des passagers du *Vautour noir*. Enfin Evans comprit qu'il ne pouvait se sauver et sauver aussi le trésor.

Abandonnant le coffre, il se mit à nager de toutes ses forces vers la pointe de terre la plus proche. Le coffre demeurait sur les bouées, dans une situation extrêmement précaire. Encore quelques instants, et il sombrerait.

« Peter ! Bob ! commanda Hannibal. A vous ! »

Les deux garçons sautèrent à l'eau et s'emparèrent du coffre en perdition. Nageant de conserve, ils le rapprochèrent du navire et Jeremy leur descendit une corde au moyen d'un palan. Peter et Bob firent de la corde un berceau dans lequel le coffre remonta en se balançant. De la même manière, il fut déposé sur le pont.

« Maintenant, au tour d'Evans ! » décida le capitaine Joy, tandis que Peter et Bob grimpaient à bord.

Le Vautour noir redoubla de vitesse pour intercepter Josué Evans qui nageait désespérément.

Du haut de son poste, Sam la Galère cria :

« Je vais jeter un lasso à l'eau, cap'taine. Vous autres, sautez à l'eau et passez-le-lui autour du cou. »

Les deux Joy plongèrent, suivis de Peter et de Bob. Ils entourèrent Evans. Hannibal, debout sur le pont, prodiguait les encouragements et le soutien moral. Pendant que le capitaine et Peter essayaient de maîtriser Evans, Bob et Jeremy lui passaient le lasso par-dessus la tête et sous les aisselles. Alors Sam fit fonctionner le palan. Evans fut subitement tiré hors de l'eau et se trouva suspendu en l'air. Il gigotait, remuait bras et jambes, hurlait menaces et insultes :

« Je vous revaudrai ça, vous verrez, crapules ! »

Le capitaine et les garçons remontèrent sur le pont, trempés mais triomphants. Le capitaine reprit la barre et mit le cap sur *Le Repaire du Pirate Violet.*

« Eh bien, Hannibal, demanda-t-il, tu ne crois pas que le moment est venu de nous dire qui est Evans ?

— Mon hypothèse, monsieur, répondit Hannibal d'un ton grave, c'est qu'Evans est un malfaiteur professionnel et qu'il est aussi le cinquième membre de la bande de Karnes.

— Quelle drôle d'idée ! s'écria Jeremy. Qu'est-ce qui te fait penser ça, Babal ?

— Avant tout, le fait que le trésor du Pirate Violet n'est pas un trésor de pirates du tout. Il doit s'agir d'une collection d'objets volés, dont la plupart — tu l'as remarqué toi-même — sont neufs. »

Suspendu au palan, Josué Evans ne cessait de gesticuler et de vociférer.

« Ce gros garçon est cinglé ! Descendez-moi de là, Joy, ou je porte plainte !

— J'espère que tu es certain de ce que tu avances, Hannibal, dit le capitaine.

— Mais bien sûr, monsieur, répondit Hannibal fermement. Depuis le début de l'affaire, nous n'arrivions pas à comprendre cette histoire de surveillance de jour et de nuit, qui n'avait visiblement aucun rapport avec le plan consistant à vous faire quitter le *Repaire* à certaines heures. Donc, il s'agissait d'autre chose. Si ce n'était pas vous qu'on surveillait, c'était quelqu'un d'autre.

— Evans! s'écria Bob. Ils surveillaient Evans!

— En effet, dit Hannibal. Mais je reconnais que je n'y ai vu que du feu jusqu'au moment où Evans nous a montré lui-même son trésor.

— Qu'est-ce que ça changeait? questionna Peter.

— Oui, ajouta le capitaine Joy, pourquoi la vue du trésor t'a-t-elle permis de deviner la vérité?»

En haut, Evans faisait toujours des moulinets avec les bras et des entrechats avec les jambes, et il n'avait pas cessé de s'égosiller. Cependant le capitaine était en train de ranger son navire le long de l'embarcadère.

«C'est très simple, répondit Hannibal. Quand Evans nous a montré son trésor dans ce coffre de laque chinoise, j'ai senti immédiatement que quelque chose n'allait pas. Les ornements de cuivre étaient trop brillants et le coffre lui-même paraissait trop léger. De nos jours, on revêt le cuivre d'un vernis pour l'empêcher de se ternir, mais à cette époque on ne savait pas encore faire cela, si bien que le cuivre ancien est toujours taché de vert ou de noir ou qu'il brille beaucoup moins. J'ai examiné le coffre et j'ai vu que le cuivre était protégé par un revêtement. C'était du cuivre moderne, et le coffre lui-même était en contre-plaqué. Au milieu du XIXe siècle, le contre-plaqué n'avait pas encore été inventé. Bref, le coffre était contemporain, et on n'y avait inscrit le nom de William Evans que pour nous duper.

— Il aurait pu s'agir d'un trésor ancien dans un coffre moderne, objecta le capitaine.

— Si Evans venait de le trouver, non, répliqua Hannibal. En outre, quand Evans nous a offert de choisir une récompense, j'ai pris une bague qui avait l'air moderne, et ce matin je l'ai portée à M. Gandolfi, le bijoutier. Il était furieux, parce que je l'ai réveillé avant huit heures, mais il a fini par me dire que la bague avait moins de cinq ans d'âge. Donc tout le trésor était moderne. Evans devait bien le savoir, car c'est sans doute lui qui l'a apporté dans la tour. Or, puisque Karnes savait manifestement qu'Evans possédait un trésor, il savait sans doute aussi qu'il s'agissait d'objets contemporains et non d'un trésor de pirates.

— D'accord, dit Bob, mais s'ils savaient que ce n'était pas un trésor de pirates...

— Pourquoi se sont-ils laissé mettre en prison sans le dire? Pourquoi ont-ils permis à Evans de nous faire croire que c'était bien un trésor de pirates? Une seule réponse possible, Bob. Parce qu'il s'agissait d'objets volés. D'objets que Karnes et sa bande perdraient irrémédiablement s'ils en confessaient la provenance. C'est à ce moment que j'ai vu la vérité.

— N'écoutez pas ce patapouf, ce gros plein de soupe imbu de lui-même, tonitruait Josué Evans suspendu à son palan. Il ne sait rien! C'est vous qui finirez en prison!

— Et la vérité, c'est quoi, Babal? demanda Jeremy.

— Que Karnes et sa bande ne pouvaient révéler que le trésor était volé parce que c'étaient eux qui l'avaient volé. Et cela, Evans le savait, parce qu'il appartenait à la bande. Seulement, il s'était sauvé avec le butin, et les autres s'étaient lancés à sa poursuite pour récupérer leurs parts.

— Vous avez raison, Hannibal, fit la voix de l'inspecteur Reynolds. Raison une fois de plus. »

L'inspecteur, le shérif et quatre de leurs hommes se tenaient sur le débarcadère. Ils avaient les yeux fixés sur *Le Vautour noir* et sur Josué Evans, s'ébattant dans les airs.

« Ils sont fous, inspecteur! cria Evans,

s'agitant toujours en pure perte. Arrêtez-les. Ils ne savent pas de quoi ils parlent.

— Je suis venu pour procéder à une arrestation, répondit l'inspecteur Reynolds d'un ton sévère, mais pas à celle de ces garçons. »

Il ne quittait pas Evans des yeux.

« Grâce à lui, grâce au capitaine Joy et à la rapidité de leur action, nous ne sommes pas arrivés trop tard. Oui, Hannibal, le major Karnes et sa bande forment une équipe de voleurs de bijoux, bien connus sur la côte Est et recherchés dans au moins six Etats. La bande a disparu il y a un an environ et tout le monde craignait que ces coquins ne soient partis avec leur butin.

— Vous avez envoyé leurs empreintes digitales à Washington, je suppose? » dit Hannibal.

L'inspecteur inclina la tête.

« Nous ne manquons jamais de le faire. Et ces empreintes étaient bien celles des membres de la bande. Une seule incohérence : tous les rapports indiquaient qu'il y avait cinq membres et non pas quatre. Les empreintes d'Evans seront celles du cinquième membre, je n'en ai pas le moindre doute. Emmenez-le, vous autres. »

Se tordant de rire, Sam la Galère actionna le mécanisme du palan, et Josué Evans atterrit dans les bras des policiers qui l'attendaient. C'est ainsi que le descendant du Pirate Violet fut enfermé dans un panier à salade, pendant que l'inspecteur Reynolds adressait ses félicitations aux Trois jeunes détectives, qui rayonnaient de satisfaction.

Chapitre 23

M. Hitchcock a le mot de la fin

Quelques jours plus tard, par un brumeux matin de juin, les Trois jeunes détectives se présentèrent chez l'illustre metteur en scène Alfred Hitchcock.

Il les reçut avec son amabilité habituelle et leur dit, après avoir parcouru le rapport qu'ils lui avaient donné :

«Je veux bien, cette fois encore, présenter le récit aux lecteurs, mais il y a quelques détails que j'aimerais connaître. Je suppose que ce Josué Evans s'est avéré être un membre de la bande Karnes?

— Oui, monsieur, dit Hannibal. Ses empreintes digitales étaient connues à Washington. Une fois Evans en prison, Karnes a compris qu'il n'avait plus rien à perdre, et il a raconté toute l'histoire. Cela faisait des années que ces gens-là écumaient les Etats de la côte Est. Evans a fait main basse sur le butin qu'ils avaient amassé ensemble, et il a pris la poudre d'escampette.

— Et maintenant ils sont tous en prison, accusés d'un certain nombre de crimes?

— Ça, c'est sûr, s'écria Peter. Six Etats sont à couteaux tirés pour savoir lequel les jugera en premier.

— Voilà ce qui arrive quand on est trop populaire, remarqua M. Hitchcock d'un ton sec. Si je comprends bien, toute l'opération S.P.B.B.B. n'avait d'autre but que d'obliger les Joy à quitter leur caravane pour un certain temps?

— C'est cela, monsieur, répondit Hannibal. La S.P.B.B.B. n'existe pas.

— Quel dommage! soupira M. Hitchcock. L'idée n'était pas mauvaise. Bon, maintenant cette surveillance permanente, c'était pour s'assurer qu'Evans ne décamperait pas une fois de plus avec le magot?

— Précisément, dit Bob. Et si Evans a ficelé le capitaine Joy et Jeremy, c'était parce qu'il avait peur qu'ils ne devinent la vérité, depuis que Jeremy avait remarqué à quel point les bijoux paraissaient neufs.

— Le pauvre Jeremy, qui n'y pensait plus du tout, ajouta Peter. Ce n'est pas un garçon soupçonneux.

— Quand on se sent coupable, on commet des erreurs, dit M. Hitchcock. Et puis la tension, l'angoisse... Il a dû inventer ce stratagème au dernier moment.

— Sûrement, dit Hannibal. C'est nous qui lui en avons donné l'idée en parlant de trésor pirate. Quand il a compris que Karnes et sa bande l'avaient retrouvé et qu'il ne pouvait plus se sauver avec le butin sans être rattrapé par eux, il a décidé de nous utiliser tous les uns contre les autres. Il a eu tout le temps pour graver le nom de William Evans sur le coffre qu'il a caché dans le débarras.

— Pas bête, pas bête, fit M. Hitchcock. Saisir une situation, profiter des circonstances, il faut être intelligent pour en être capable. Dommage qu'il ait utilisé son intelligence à des fins criminelles.

— Le capitaine n'a pas été idiot non plus, remarqua Bob. La façon dont il a utilisé *Le Vautour noir* pour bloquer l'hydravion, c'était impressionnant. Et il en a été récompensé. Des tas de compagnies d'assurances avaient promis des primes à quiconque leur rendrait ces bijoux. Le capitaine voulait même partager cet argent avec nous, mais nous lui avons dit de le garder pour faire du *Repaire* un truc qui marche vraiment.

— Parce que, si je comprends bien, ça ne marchait pas très fort, commenta M. Hitchcock.

— Alors le capitaine nous a offert un nouvel appareil à filatures, dit Peter. C'était chic de sa part. Et il a adopté Black, le chat d'Evans, qui n'avait plus de maison. Il a dit qu'un chat noir, cela ajouterait à l'atmosphère du *Repaire*.

— Et ce document que Karnes et son équipe examinaient de temps à autre? demanda M. Hitchcock. C'était une carte?

— Simplement une carte de la Crique aux Pirates, répondit Bob. Le major ne possédait pas de plan indiquant l'emplacement du tunnel.

— Cependant vous dites dans votre rapport qu'il était impossible de découvrir ce tunnel si on ne savait pas où il se trouvait. Alors comment Karnes y a-t-il réussi?»

Hannibal se mit à rire.

«Figurez-vous que c'est Evans lui-même qui lui a parlé du tunnel et de la tour, mais il y a des années, quand ils essayaient d'échapper à la police. A cela près que Karnes ne savait pas où se trouvait la tour et qu'Evans ne connaissait pas l'emplacement du tunnel. Son père lui avait dit qu'il y en avait un, mais qu'il s'était effondré et qu'il ne pouvait plus servir à rien. Alors Evans ne s'est jamais donné la peine de le chercher. Quand il est revenu dans sa tour natale avec le butin volé, il a fallu une année au reste de la bande pour le dépister. Et, à force de chercher le trésor dans la propriété, Karnes a fini par découvrir l'entrée du tunnel, côté hangar à bateaux. Alors Hubert et lui se sont mis à creuser, pour arriver jusqu'à la tour et chercher le trésor de ce côté.

— Et que s'est-il passé entre Evans et Karnes quand ils se sont retrouvés dans ce débarras ? »

Ce fut Bob qui répondit.

« Evans a simplement rappelé à Karnes que s'il le dénonçait, lui Evans, à la police, le butin était perdu pour tout le monde. Karnes n'avait guère le choix : parler et tout perdre, ou se taire et laisser Evans en liberté. Il a dû se dire que la deuxième solution était la meilleure : il avait déjà retrouvé Evans une fois, il pourrait le retrouver de nouveau.

— Bref, en dernière analyse, il n'y a jamais eu de trésor du Pirate Violet, conclut M. Hitchcock. Et cependant on pourrait dire que ce mauvais homme a laissé un héritage.

— Un héritage, monsieur ? demanda Hannibal.

— Un héritage, transmis par le Pirate Violet, le lieutenant William Evans, à son arrière-arrière-petit-fils, Josué Evans. Un héritage de brigandage et de vol. Car, en fin de compte, s'il n'a jamais été Violet, le descendant s'est révélé aussi violent que son ancêtre ! »

Table

IMPRIMÉ EN FRANCE PAR BRODARD ET TAUPIN
Usine de La Flèche, 72200.
Dépôt légal Imp : 1417D-5 – Edit : 2400.
20-07-8390-01-5 – ISBN : 2-01-017760-6.
Loi nº 49-956 du 16 juillet 1949 sur les publications destinées à la jeunesse.
Dépôt : mai 1991.